双葉文庫

知らぬが半兵衛手控帖

通い妻

藤井邦夫

目次

通《かよ》い妻　知らぬが半兵衛手控帖

江戸町奉行所には、与力二十五騎、同心百二十人がおり、南北合わせて三百人ほどの人数がいた。その中で捕物・刑事事件を扱う同心は所謂《いわゆる》〝三廻り同心〟と云い、各奉行所に定町廻り同心六名、臨時廻り同心六名、隠密廻り同心二名とされていた。

臨時廻り同心は、定町廻り同心の予備隊的存在だが職務は全く同じである。そして、定町廻り同心を長年勤めた者がなり、指導、相談に応じる先輩格でもあった。

第一話　仇討《かたきう》ち

一

申《さる》の刻七つ（午後四時）。

町奉行所の与力・同心の帰宅時間である。

北町奉行所臨時廻り同心白縫半兵衛《しらぬいはんべえ》は、何事もない一日を終えて呉服橋《ごふくばし》御門を渡った。

さあてどうするか……。

八丁堀《はっちょうぼり》の組屋敷へ帰ったところで、待っていてくれる者はいない。

「よし」

半兵衛は、八丁堀とは反対の方に歩き出した。

日本橋に架かる一石橋《いっこくばし》を渡り、外堀端を進むと竜閑橋《りゅうかんばし》がある。半兵衛は竜閑橋を越えて左手に曲がった。そこは鎌倉河岸であり、お夕《ゆう》の店がある。

お夕は昔、半兵衛に手札を貰っていた岡っ引の辰造《たつぞう》の一人娘だ。辰造が病で死んだ時、半兵衛は一人残されたお夕に纏《まと》まった金を渡した。

お夕は、その金で鎌倉河岸の片隅に小さな居酒屋を出して自立した。

半兵衛は、お夕の店の戸を開けた。

「いらっしゃい」

女将《おかみ》のお夕が、飯台《はんだい》の奥で煮物を作っていた手を止めて顔をあげた。

「おう。邪魔するよ」

「あら、旦那。お一人ですか」

「うん。酒、貰おうか」

「はい」

半兵衛は、飯台に向かって並ぶ奥の空き樽に座った。

お夕は猪口《ちょこ》を半兵衛に渡し、銚子《ちょうし》の酒を注いだ。

「すまないね」

半兵衛は猪口を空けた。

お夕は、湯気の立つ大根と油揚げの煮物を差し出した。

「こいつは美味《うま》そうだ」

半兵衛は嬉しそうに煮物を食べ、手酌で酒を飲んだ。

「ご免……」

十徳小袴《じっとくこばかま》の中年の男が入って来た。十徳小袴は、剃髪《ていはつ》をした人、医者、茶人、絵師、俳人などが着るものである。

「いらっしゃい」

中年の男はお夕に迎えられ、入口近くの空き樽に腰掛けて酒を頼んだ。

「お久し振りですね。道庵《どうあん》さん」

「ああ。ちょいと身体の具合がな……」

道庵と呼ばれた中年の男は、顔をしかめながらお夕の注いでくれた酒を啜《すす》った。

「悪かったのですか」

「うん。胃の腑《ふ》が……」

「痛むんですか」

「ああ、質《たち》の悪い腫《は》れ物が出来たようだ……」

道庵は顔を顰《しか》めて酒を飲んだ。

「でしたらお酒、飲まないほうがいいんじゃありませんか」

「そりゃあそうなのだが、飲めば少しは痛みが忘れられるかと思ってな」

「そんな……」

半兵衛は、お夕と道庵のやりとりを聞きながら手酌で酒を飲んだ。

「ま、歳も歳だ。病の一つや二つ、仕方があるまい」

「お医者に診て貰ったのですか」

「いや。胃の腑の腫れ物は不治の病《やまい》。今更、医者に診て貰ったところで手遅れだ……」

道庵は諦《あきら》めたように云い、酒を飲んだ。次の瞬間、道庵は苦しげに顔を歪め、猪口を置いて胃の腑を押さえた。

「大丈夫ですか」

「ああ。大丈夫だ……」

道庵の額には脂汗が滲《にじ》んでいた。

「やはり、酒はよしたほうが良さそうですな」

半兵衛は空き樽を降り、道庵の背中を撫《な》ぜた。

「か、かたじけない。ご造作をお掛けします」

道庵は顔を歪めて礼を云った。

「小石川の養生所に、長崎帰りの腕の良いお医者がいましてね。どうですか、行ってみては」

半兵衛は、小石川養生所の肝煎《きもい》りで本道医の小川良哲《おがわりようてつ》を紹介しようと考えた。

「いえ。それには及びません。女将、幾らだ」

道庵は飯台に手をつき、辛そうに立ち上がった。

「お代なら、この次で結構ですよ」

「そうか、すまんな。じゃあ……」

道庵は、確かめるような足取りで店を出て行った。

「お気をつけて……」

お夕は戸口に道庵を見送り、心配げな吐息を洩らした。

「胃の腑に質の悪い腫れ物か……」

「お気の毒に……」

「道庵さん、何者なんだい」

「易者ですよ」

「ほう、易者の道庵さんか……」

「ええ」

お夕は道庵の銚子と猪口を片付け、飯台の奥に入った。

「道庵さん、元は侍だね」

半兵衛はお夕に尋ねた。

「はい。何でも信濃《しなの》の方のお大名の御家中だったそうですが、お役目をしくじって追い出されたそうですよ」

半兵衛の見た通り、易者の道庵は元は武士だった。

「それで、江戸に出て来て易者か……」

「ええ。挙句の果てに不治の病だなんて、運の悪い人なんですかねえ」

お夕は、新しい酒を半兵衛の猪口に満たした。

「不治の病か……」

半兵衛は、猪口の酒を飲み干した。


江戸城の東、楓川《もみじがわ》、八丁堀、日本橋川、そして亀島川に四方を囲まれた一帯に公儀御組屋敷街があった。俗にいう〝八丁堀〟である。

白縫半兵衛の組屋敷は、その八丁堀北島町にあった。

雨戸の隙間や節穴から朝日が差し込んで半刻（一時間）が過ぎた頃、小さな音が鳴った。雨戸を静かに叩く音だった。

半兵衛は、蒲団の中で眼を覚ました。

「房吉《ふさきち》かい」

「へい。お早うございます」

房吉の声が、庭先から返って来た。

「入ってくれ」

雨戸の落とし錠の〝さる〟はかかっていない。

半兵衛は蒲団から起き上がり、大きく背伸びをした。昨夜、お夕の店で飲んだ酒が、微かに匂った。

雨戸ががたがたと音を立てて開き、朝日と一緒に廻り髪結の房吉が入って来た。

廻り髪結の房吉は、毎朝八丁堀御組屋敷に住む町奉行所の与力や同心の髷《まげ》を結って歩くのが商売だった。

「ちょいと顔を洗ってくる」

「どうぞ」

半兵衛は欠伸《あくび》を嚙み殺し、手拭と房楊枝《ふさようじ》を持って井戸端に出て行った。

房吉は辺りを片付け、鬢盥《びんだらい》の蓋を開けて髪を結う仕度を始めた。

髪を引き締められる微かな痛みは、半兵衛の眠気を消し去った。

房吉は、慣れた手さばきで半兵衛の髷を結っていく。毎朝の事だった。

「どうだい。近頃、面白いことあったかい」

時々、房吉は半兵衛の探索の手伝いをしている。

「いえ、別に……」

房吉は手を止めなかった。

「そりゃあいい……」

半兵衛は、八丁堀御組屋敷に変わった事がないのを知った。

「お早うございます。旦那、房吉の兄い」

半次《はんじ》が、風呂敷包みを持って庭先にやって来た。

「おう。半次、何かあったかい」

半次は、半兵衛に手札を貰っている岡っ引だった。

「大した事はなにも……」

どうやら昨夜は、辻斬り、強盗、押し込みなどの凶悪事件はなく、静かな夜だったようだ。

「そうか……」

「へい。神田須田町《すだちょう》の呉服屋の若旦那が、昨日から帰って来ないと、今朝早く御番所に届けがあったぐらいですか。旦那、兄い、朝飯は……」

「まだだよ」

「それなら、卵雑炊《たまごぞうすい》ってのは如何《いかが》ですかい」

半次は、卵の入った風呂敷包みを見せた。

「いいねえ。冷たい飯が残っているよ」

「へい。じゃあ……」

半次は風呂敷包みを抱え、台所に入って行った。

縁側は日差しに溢《あふ》れ、長閑《のどか》な一日の始まりを予感させた。


隅田川には、上流から千住大橋、吾妻橋《あづまばし》、両国橋、新大橋、永代橋の五つの橋が架かっている。その一つの新大橋の橋桁《はしげた》に男の土左衛門《どざえもん》が引っ掛かったのは、午《うま》の刻九つ（正午）を過ぎた頃だった。

半兵衛と半次は、新大橋の西詰の橋番小屋に急いだ。

呉服橋御門内北町奉行所を出た半兵衛と半次は、一石橋を渡って日本橋川沿いを下った。

日本橋の袂《たもと》、荒布橋《あらめばし》から照降《てふ》り町《ちょう》を抜けて親父橋《おやじばし》を渡り、浜町河岸に出た。

浜町には様々な大名の屋敷が並び、その奥の南東の角に長さ百十六間の新大橋はあった。

土左衛門は中年の浪人であり、橋番小屋の土間に寝かされていた。

半兵衛と半次は、中年の浪人の死体を検《あらた》めた。

半兵衛は浪人の死体の腹を押した。浪人の口から水が僅かに零《こぼ》れた。

土左衛門にしては水を飲んでいない……。

「半次、着物を脱がしてみな」

半次は返事をし、浪人の着物を脱がした。

浪人の脇腹には、水に晒《さら》された傷口があった。

「旦那……」

「うん」

中年の浪人は脇腹を抉《えぐ》られていた。

「溺れ死んだんじゃありませんね」

半次が眉を顰《ひそ》めた。

「かなり深く抉られている」

半兵衛は傷を調べた。

「素人《しろうと》の仕業じゃあないな」

匕首《あいくち》などの扱いに慣れている者の仕業であり、刺してから川に放り込んだ……。

半兵衛はそう睨《にら》んだ。

半次は浪人の死体と着物を調べ、身許を示す物を探した。だが、身許を示すものはなかった。

「せいぜいこんな物ぐらいですか……」

半次は、浪人が持っていた古手拭を差し出した。古手拭には、小料理屋『梅《うめ》の家《や》』の文字が掠《かす》れていた。

「小料理屋梅の家か……」

「ここに訊けば、仏さんが何処《どこ》の誰か分かるかも知れませんね」

「うん」

「ですが、梅の家だけじゃあ……」

半次は首を捻った。

「半次、梅といやあ何処《どこ》だい」

「湯島《ゆしま》の天神様ですか……」

本郷《ほんごう》湯島天神は、梅の名所として名高かった。

「よし。先ずは湯島から調べてみるか……」

小料理屋などの屋号は、土地の名物に関わるものも多い。『梅の家』は湯島天神界隈にあるのかも知れない。

半兵衛は小料理屋『梅の家』を探し出し、殺された中年の浪人の身許を突き止めようと考えた。

半次は心配した。

「無駄足にならなきゃあいいですがね」

「半次、無駄足が嫌じゃあ、この稼業はつとまらないよ」

「へい。畏《おそ》れ入ります」

半兵衛は笑った。

今はそれしか手立てはない……。

半兵衛は、半次を従えて湯島天神に向かった。

両国広小路は人で溢れていた。

半兵衛と半次は、広小路の人込みを抜けて神田川沿いの柳原通りに出た。

柳原通りは、浅草御門から筋違《すじかい》御門までのおよそ十町の堤に柳が植えられていた。半兵衛と半次は、風に揺れる柳を横目にしながら筋違御門を過ぎ、昌平橋《しょうへいばし》を渡った。

昌平橋を渡ると、そこは本郷台地湯島である。

半兵衛と半次は、明神下通りを進んで左手にある妻恋坂《つまこいざか》をあがった。そして、妻恋町の手前を右に折れた。湯島天神はその突き当たりにあった。

湯島天神は『学問の神さま』とされる菅原道真《すがわらのみちざね》を祀《まつ》っており、その境内に名高い梅林があった。そして、門前町は様々な店で賑わっていた。

半兵衛と半次は自身番を訪ねた。

「小料理屋の梅の家ですか……」

自身番に詰めていた家主は、町内の名簿を捲《めく》った。

「うん」

半兵衛と半次は、身を乗り出して家主の返事を待った。

自身番は〝五人番〟と称し、家主が二人、店番が二人、番人が一人詰めるのが普通であった。だが、三畳の部屋には多過ぎるので、〝三人番〟に略された自身番もあった。

「家主さん、梅の家なら坂下町じゃありませんかね」

番人が、半兵衛たちに茶を差し出しながら告げた。

「坂下町ねえ……」

家主は名簿を捲った。

「ああ。あった。ありましたよ、白縫さま」

家主は名簿を見せた。

小料理屋『梅の家』は、運良く湯島にあった。

湯島天神は台地にあり、境内の不忍池《しのばずのいけ》を臨む東側には二つの階段があった。向かって右側の急な方を〝男坂〟、左手の緩やかな方を〝女坂〟と称した。その坂の下が〝坂下町〟だった。

小料理屋『梅の家』は、坂下町の端にあった。

半兵衛と半次は、開店前の『梅の家』の戸を叩いた。

殺された中年の浪人が持っていた古手拭は、『梅の家』が贔屓《ひいき》客に配った物だった。

「ええ。五年前、ご贔屓さんに配った手拭ですが、何か……」

女将が、怪訝《けげん》な眼差しを半兵衛に向けた。

「うん。配ったご贔屓に痩せた浪人はいないかな」

「ご浪人さんですか……」

「ああ……」

半次は、中年浪人の人相風体《ふうてい》を詳しく教えた。

「ああ。そのご浪人さんなら吉沢《よしざわ》さんかも知れない」

「吉沢……」

「はい」

「吉沢、何て名前だい」

「吉沢大五郎《だいごろう》さん。池之端《いけのはた》にある教法寺の家作を借りて、寺子屋を開いている方ですよ」

「旦那……」

「うん。きっと間違いあるまい」

「あの、吉沢さん、どうかしたんですか」

「う、うん。女将、造作を掛けてすまんが、こっちの親分と新大橋の橋番小屋まで行ってはくれぬか」

「新大橋ですか」

女将は困惑した。

「実はな、浪人の死体があがってな。その手拭を持っていたんだよ」

「じゃあ、その浪人さんが吉沢さん……」

女将は言葉を失った。

「そいつを確かめて貰いたいんだ」

半兵衛は女将に頼んだ。

半次は、小料理屋『梅の家』の女将を連れて新大橋の橋番小屋に行った。

半兵衛は、池之端の教法寺に急いだ。

不忍池には、水鳥の甲高い鳴き声が飛び交っていた。

半兵衛は教法寺の庫裏《くり》を訪れ、住職に吉沢大五郎が借りている家作の有無を尋ねた。

「ああ。吉沢さんには、裏の家作を貸していますよ」

住職は気軽に応じた。

「今、いますかね」

「さあ。今日は見ていませんが。行ってみましょう」

住職は、半兵衛を裏手の家作に案内した。

「そういえば、子供たちの声が聞こえませんな。いないのかな」

吉沢がいれば寺子屋が開かれており、子供たちの声が聞こえる筈だ。だが、子供たちの声は聞こえなかった。

吉沢の借りている家作は、雨戸が閉められたまま静まり返っていた。

「やっぱりお留守のようですな」

「中に入れますか」

「錠は掛けていないと思うが……」

住職は躊躇《ためら》いを浮かべた。

「実は隅田川に浪人の死体が浮かびましてね。ひょっとしたら……」

「吉沢さんかも知れないのですか」

住職の顔色が変わった。

「ええ……」

半兵衛は、深刻な顔で頷《うなず》いて見せた。

「どうぞ……」

住職は半兵衛を家の中に案内した。

暗い家の中には、隙間や節穴から光が差し込んでいた。

住職は濡《ぬ》れ縁《えん》に進み、雨戸を開けた。

家作は六畳二間と納戸、そして台所の間取りだった。

六畳間の隅に文机《ふづくえ》が積み重ねられていた。

「六畳二間に机を並べ、子供たちに手習いと算盤《そろばん》を教えていましたよ」

「ほう、算盤まで……」

「ええ。吉沢さん、元は信濃のお大名の御家中で勘定方だったとか……」

「成《な》る程《ほど》、それで算盤も出来ますか……」

半兵衛は家の中を見廻した。

子供たちが出入りしている割には、綺麗に片付けられている。

半兵衛は、吉沢大五郎の人柄の良さを垣間見た。

そんな吉沢が、誰に何故殺されたのだ……。

風が吹き抜け、木々の梢が揺れた。

二

夕暮れ時、湯島天神の大鳥居の影は参道に伸びていた。

小料理屋『梅の家』の女将は、殺された中年浪人の顔を見て吉沢大五郎だと認めた。

半次は、女将さんを湯島天神坂下町の店に送って来た。

店は、板前の倅《せがれ》と奉公人の小女《こおんな》によって暖簾《のれん》を掲げるだけになっていた。

「助かったよ。女将さん」

半次は礼を述べた。

「いいえ……」

女将は吉沢の死を嘆き、眼を赤くして瞼《まぶた》を腫らしていた。

女将にとり、吉沢大五郎は筋の良い常連客だったらしい。

「半次……」

半兵衛の声が、『梅の家』から投げ掛けられた。

半次は店内を覗いた。

「旦那……」

店の隅に半兵衛がいた。

「お邪魔しているよ。女将さん」

半兵衛は茶碗酒を掲げて見せた。

「どうぞ、どうぞ……」

女将は板前の倅と小女に声を掛けて、暖簾を戸口に掲げて店を開けた。

半次は半兵衛の前に座った。

「女将さん、半次にも酒を頼むよ」

「はい」

「それから、肴《さかな》はお勧めをね」

「でしたら旦那、今日は良い泥鰌《どじょう》が入っておりますが」

「いいねえ。頼むよ」

「承知しました」

女将は板場に入って行った。

「旦那……」

「話は飯を食べながらにしよう」

「はい……」

「おまちどおさま」

小女が、湯呑茶碗とお銚子を持ってきた。

半兵衛は銚子を手に取り、半次の湯呑に酒を満たしてやった。

「こいつは畏れ入ります。戴きます」

半次は、恐縮しながら酒を飲んだ。

「仏さん、吉沢大五郎に間違いなかったようだね」

「はい……」

「良い客だったようだね。吉沢さん」

「ええ。酒は二合に肴は豆腐。いつも隅で静かに飲んで、つけもなければたかりもしない。女将さん、仏さんを一目見た時から泣き続けですよ」

「そいつは確かに良い客だ」

「はい。旦那の方は」

「うん。元は信濃の大名の家中で勘定方だったそうでね。家の中も綺麗に片付けられ、妙なところはないようだ」

「そうですか……」

半次は酒を啜り、思いを巡らせた。

「お待たせしました」

女将と小女が、湯気のたつ泥鰌鍋を運んできた。

「こいつは美味そうだ」

半兵衛は相好を崩した。

「さあさあ、お熱いうちにどうぞ」

「うん。半次、遠慮は無用だよ」

「はい」

半兵衛と半次は、泥鰌鍋を食べて酒を飲んだ。

「ところで女将さん、吉沢さんが最後に店に来たのはいつですかい」

半次が尋ねた。

「一昨日の夜ですか……」

「その時、変わった事はありませんでしたかい」

「変わった事って。いつも通り、お豆腐を肴にお酒を二合飲んで……。お客さんの喧嘩の仲裁をしてくれて……。別に変わった事はなかった筈ですよ」

「喧嘩の仲裁ってのは……」

「酒癖の悪い地廻りがいましてね。職人さんに絡んだんですよ。それで喧嘩になって、吉沢さんが止めに入って、地廻りを追い返してくれたんですよ」

「それが一昨日の夜ですかい」

「はい」

「旦那、地廻り、調べてみますか……」

半次は意気込んだ。

「うん。そうだねえ」

「女将さん、地廻り、何処のなんて野郎ですかい」

「明神下の竜次《りゅうじ》なんていっていますが、半端な三下《さんした》ですよ」

「明神下の竜次ですね」

「ええ……」

半次は、明日にでも明神下の竜次を調べる事にし、泥鰌鍋を食べた。

「女将。吉沢さん、親しい人はいなかったかな」

「親しい人ですか……」

女将は首を捻った。

「うん」

「店の常連さんとは、いつも楽しそうにお話をしていましたけど、どれほど親しかったかは良く分かりません」

「そうか……」

「おっ母さん、あの易者はどうかな」

板前の倅が、板場から顔を出した。

「易者……」

半兵衛は思わず聞き返した。

「へい。吉沢の旦那。時々、十徳《じつとく》に小袴の方を連れて来た事がありましてね。いつだったか、どなたですかと尋ねたら古い知り合いの易者だと仰《おつしや》いまして。随分、親しげに話していましたよ」

「旦那……」

「うん」

十徳に小袴姿の易者……。

半兵衛は、お夕の店で出逢った易者の道庵を思い出した。

「その易者、吉沢さん殺し、何か知っているかもしれませんね」

「そいつは分からんが、逢ってみるべきだろうな」

「しかし、何処にいるのか……」

半次は眉を顰めた。

「半次、泥鰌を食べたらお夕の店に行くよ」

胃の腑の痛みに苦しむ道庵が、殺された吉沢大五郎と知り合いの易者だと断定は出来ない。だが、お夕によれば、道庵も吉沢と同じく元は信濃の大名の家来だった筈だ。

確かめるしかあるまい……。

半兵衛は決めた。

「お夕さんの店ですか……」

半次は、怪訝《けげん》な眼を半兵衛に向けた。

「うん」

半兵衛は泥鰌を食べて酒を飲み、お夕の店で道庵に出逢った事を半次に教えた。

「じゃあ早く……」

半次は、酒の入った湯呑を置いた。

「慌てるんじゃあない。今日はこの梅の家が分かり、仏さんの身許を突き止めただけでも御《おん》の字だ。ま、焦らずにやるさ」

半兵衛は笑った。


お夕の店は珍しく混んでいた。

混んでいるといっても、六人も入れば満員になる店だ。そして、客の中に道庵はいなかった。

半兵衛は、お夕を店の裏手に呼び出した。

「すみませんね。旦那、半次さん」

「いやいや。それよりお夕、易者の道庵さん、来ていないようだな」

「ええ。道庵さん、どうかしたんですか」

「う、うむ。住まいは何処か知っているか」

「確か三河町《みかわちょう》二丁目のお稲荷《いなり》長屋だといっていたと思いますけど……」

「三河町二丁目のお稲荷長屋だね」

半兵衛は念を押した。

「はい」

「よし。半次……」

「はい。行ってみましょう」

「お夕、じゃあな」

「お気をつけて……」

半兵衛と半次は、お夕に見送られて夜道を三河町二丁目に向かった。

お夕の店のある鎌倉河岸から、三河町二丁目までは遠くはない。

半次は自身番に寄り、お稲荷長屋の場所を尋ねた。お稲荷長屋の場所はすぐに分かった。

半兵衛と半次は急いだ。

お稲荷長屋は夕食後の団欒《だんらん》も終わり、寝静まっていた。

半兵衛と半次は、お稲荷長屋の木戸を潜った。易者の道庵の家は一番奥だ。

一番奥の家には、明かりが灯っていなかった。

「留守ですかね」

半次が暗い家を窺った。

「呻き声、聞こえないかな」

道庵は身を縮めて、胃の腑の痛みに耐えているのかもしれない。

半兵衛は、腰高障子に耳を押し当てた。だが、家の中からは、呻き声はおろか物音一つ聞こえなかった。

「留守のようだな」

半次は腰高障子を叩き、道庵の名を呼んだ。

返事はなかった。

「いませんね」

半次は半兵衛の指示を待った。

「よし、入ってみよう」

「はい」

半次は腰高障子を開けた。

家の中は暗かった。半次は火打石を出し、燭台《しょくだい》に明かりを灯した。

家の中には、薄汚れた煎餅《せんべい》蒲団が敷かれ、枕元に土瓶《どびん》と欠け茶碗があった。

半兵衛は土瓶の中を覗き、匂いを嗅いだ。

土瓶に残っている茶色に濁った液体は、薬草の匂いがした。おそらく胃の腑の煎じ薬だ。

道庵は煎じ薬を飲んで身を縮め、胃の腑の痛みに耐えているのだ。

半兵衛は、苦しむ道庵の姿を思い浮かべた。

「これといったものはありませんね」

半次は、殺風景な家の中を見廻した。

「そうか……」

「じゃあ、ちょいと隣近所を起こしてそれとなく訊いて来ます」

「頼む」

半次は外に出て行った。

半兵衛は火鉢の中を調べた。

灰に覆われた火種は、既に消えて冷たくなっている。

道庵は少なくとも昼間からいない……。

半兵衛はそう読んだ。

隣近所の住人に、道庵の行方を知る者はいなかった。

道庵は、胃の腑の痛みを抱えながら何処に行ったのか……。

半兵衛は、胃の腑を押さえながらお夕の店から去って行く道庵を思い出した。

翌日、半兵衛と半次は二手に分かれた。

半次は地廻りの竜次を探しに行き、半兵衛は道庵の住むお稲荷長屋に向かった。

神田川に架かる昌平橋を渡ると、そこは不忍池に続く明神下の通りである。そして、江戸の総鎮守とされる神田明神社や湯島天神があり、その門前町は賑わっている。おそらく竜次は、その一帯をうろついている地廻りなのだ。

半次は神田明神門前町の裏通りに入り、葦簀《よしず》囲いの立ち飲み屋に入った。立ち飲み屋は、仕事にあぶれた日雇い人足たちで賑わっていた。

「明神下の竜次、知らないか」

半次は店の親父に尋ねた。

「明神下の竜次だと……」

店の親父は首筋を怒らせ、半次を睨みつけた。そして、酒を飲んでいた人足たちも、半次に胡散臭《うさんくさ》げな眼を向けた。

店の親父と人足たちは、竜次を快く思ってはいない。おそらく親父たちは、今までに何らかの迷惑を掛けられた事があるのだ。

「ああ。野郎、何処にいるか知らねえか」

「お前さんは……」

親父は探る眼差しを向けた。

「知り合いの女が世話になってな。たっぷり礼をしてえと思って探しているんだぜ」

半次は酷薄な笑みを浮かべ、竜次に敵対している男を演じた。

「そいつは大変だな」

店の親父は、半次を自分たち側の人間だと思ったようだ。

「で、竜次の野郎は……」

「今朝はまだ見ていないが。まだ、寝ていやがるんじゃねえか」

「家、何処か知っているかい」

「さあな。誰か知っているか」

親父は、酒を飲んでいる人足たちに声を掛けた。

「家は知らねえが、竜次の野郎なら一昨日の夜、切り通しの女の処《ところ》にいたぜ」

人足の一人が答えた。

「切り通しの女……」

「ああ。切り通しに女を抱えている飲み屋があってな。竜次、そこにいる女を食い物にしていやがるんだ」

湯島天神裏の切り通しには、身体を売る酌婦を抱えている飲み屋がある。竜次は、そうした酌婦の一人のひもなのだ。そして、吉沢大五郎が殺された夜、その女の処に現れていた。

「何て飲み屋の何て女だい」

半次は密かに勇んだ。

『お多福《たふく》』の酌婦のおちか。

それが、竜次の女の名前だった。

半次は、明神下の通りを湯島天神裏の切り通しに急いだ。

狭い路地には淫猥《いんわい》な匂いが漂い、吉原の切見世《きりみせ》のように飲み屋が連なっていた。

幕府公認の吉原や岡場所とも違い、店の奥の部屋で欲望を手早く始末する処である。勿論《もちろん》、料金も安い。

『お多福』はその飲み屋の連なりの中にあった。

「邪魔するぜ」

半次は『お多福』に入った。

狭い店内は薄暗く、酒と白粉《おしろい》の匂いが重く沈んでいた。

「だれだい」

厚化粧の女将が奥から出て来た。

「おちか、いるかい」

「お前さん、だれだい」

女将は、厚化粧に埋もれた眉を胡散臭げに寄せた。

半次は、懐から十手を出して見せた。

女将の顔に緊張が過《よ》ぎった。

「いるかい……」

半次は、女将を見据えて静かに尋ねた。

「部屋にいると思いますよ」

女将の声に怯えが滲んだ。所詮は御法度《ごはっと》破りの裏稼業。岡っ引などとの関わりは、さっさと終わらせたい。

「ところで女将。一昨日の夜、地廻りの竜次、おちかの処に来たかい」

「ええ、来ましたよ」

「何時《いつ》頃だい」

「そりゃあもう、子《ね》の刻（午前零時）過ぎですよ」

竜次は、吉沢大五郎が殺された日、真夜中にやって来ていた。

「それで、いつ帰った」

「知りませんよ、そんな事。親分さん、後はおちかに訊いて下さいな」

女将は泣きを入れた。

おちかの部屋は、人が住めるように改造された裏手の納屋にあった。

おちかは、はだけた襦袢《じゅばん》から豊満な乳房を露《あらわ》にして眠っていた。

「起きろ、おちか……」

半次は、おちかを揺り動かした。

「しつこいねえ。もう、触らないでよ」

おちかは煩《うるさ》げに半次の手を払い、寝返りを打って背を向けた。

半次は苦笑し、尚もおちかを揺り動かした。

おちかは豊満な乳房を隠しもせず、大きな欠伸《あくび》をした。

「竜次は何処にいるんだい」

「さあね。知らないよ」

おちかは半次から眼を逸《そ》らし、不貞腐《ふてくさ》れたように胸元をかいた。

「おちか、さっさと教えねえと大番屋に来て貰うぜ」

「大番屋……」

おちかは怯えた。

大番屋は江戸市中に七ヶ所あり、容疑者や関わり合いのある者を取り調べるところだ。その取り調べは、かなり厳しいものとされていた。

「ああ。竜次は何処にいる」

「何だか知らないけど、しばらく身を隠すって出て行ったよ」

身を隠す……。

やはり竜次は、吉沢大五郎殺しに関わっているのかも知れない。

半次はそう睨んだ。

「何処に隠れた」

「私のあり金を無理やり持っていきやがったんだ。きっと賭場ですよ」

「賭場、何処だ」

「さあ、よく分からないけど、きっと谷中《やなか》の方だと思いますよ」

谷中は上野寛永寺の北東に位置し、富籤《とみくじ》興行で名高い天王寺を中心に数多くの寺があった。寺社奉行の支配下にある寺は、町奉行の詮議を受けない。博奕《ばくち》打ちたちは、それを良い事に寺の一室を借り、賭場を開いた。

竜次は、谷中の寺で開かれている賭場に身を潜めているのだ。

半次は谷中に向かった。


三河町二丁目お稲荷長屋は、亭主を仕事に送り出したおかみさん連中が、井戸端で忙しく洗い物をしていた。

半兵衛は道庵の家を訪ねた。

苦しげな呻き声が、家の中から微かに聞こえた。

道庵はいた……。

「ご免……」

半兵衛は声を掛けて、腰高障子を開けた。

煎じ薬の匂いが鼻を衝《つ》いた。おそらく胃の腑の痛み止めだろう。

家の中は薄暗く、道庵が部屋の奥に敷かれた蒲団に身を縮めていた。

「どなたかな……」

道庵の声は苦しげに掠《かす》れていた。

「過日、鎌倉河岸のお夕の店でお逢いした白縫半兵衛です」

「白縫さんですか……」

道庵は、怪訝な面持ちで身を起こした。

「そのまま、そのまま。無理をしないで……」

半兵衛は制した。だが、道庵は身を起こし、半兵衛を認めた。

「おお、貴方でしたか……」

「如何ですか、胃の腑の具合は……」

「はあ。まあ、なんとか……」

道庵は胃の腑を抑え、顔を小さく歪《ゆが》めた。

半兵衛はあがり框《かまち》に腰掛けた。

「それで白縫さん、今日は何か……」

「それなんですがね。道庵さん、吉沢大五郎と申す信濃浪人をご存じですか」

「吉沢大五郎……」

「ええ……」

「白縫さん、吉沢大五郎がどうかしましたか」

道庵は微かに動揺した。

「ご存じなのですね」

「ええ……」

道庵は、半兵衛を見据えて頷いた。

「吉沢さんとは、どのような関わりですか」

「う、うむ。昔、口入屋で知り合ってな。それ以来……」

道庵は言葉を濁した。

「親しく付き合うようになりましたか」

半兵衛は、道庵と殺された吉沢が共に信濃の出だと知っているのを伏せた。

「左様。白縫さん、吉沢が何か……」

「実は吉沢大五郎さん、隅田川に死体であがりましてね」

「吉沢が死体で……」

道庵は目を見開き、言葉を飲んだ。

「ええ……」

半兵衛は頷いた。

「殺されたのですか」

道庵は声を震わせ、胃の腑の痛みを忘れたかのように身を乗り出した。

「脇腹を刺されて……」

半兵衛は道庵の反応を窺った。

「脇腹を……そうですか……」

道庵は呆然と呟き、手を合わせて眼を瞑《つぶ》った。

「下手人《げしゅにん》に心当たり、ありませんか」

「下手人……」

道庵の顔に厳しさが浮かんだ。

「ええ。吉沢さんを恨んでいた者とか、揉めていた者とか……」

「さあ……」

道庵は首を横に振った。途端、顔を激しく歪め、胃の腑を抱えて呻いた。

「道庵さん」

半兵衛は慌てた。

胃の腑の激痛が、道庵の身体を突き上げたようだ。

半兵衛は、道庵を蒲団に寝かせた。

「道庵さん、薬を飲みますか……」

道庵は激痛に身を縮め、苦しげに頷いた。

半兵衛は土瓶の煎じ薬を湯呑に注ぎ、道庵に飲ませた。

道庵の胃の腑の痛みは、ようやく落ち着いた。

「大丈夫ですか……」

半兵衛は、心配そうに道庵の顔を覗きこんだ。

「お蔭さまで……」

道庵は額に滲んだ汗を拭い、大きな吐息を洩らした。

「白縫さん、吉沢の身の周りに姉と弟の兄弟はおりませんか」

道庵は思わぬ事を尋ねた。

「姉と弟ですか……」

半兵衛は少なからず戸惑った。

「ええ……」

「歳は幾つぐらいの姉弟ですか」

「姉はおそらく二十五、六。弟は二十歳ほどだと思いますが」

吉沢の身辺にそのような姉弟はいない。

「いや。今のところは……」

半兵衛は首を横に振った。

「おりませんか」

「ええ……」

道庵は安心したように肩を落とした。

「道庵さん、その姉弟がどうかしたのですか」

「いえ。別になんでもありません」

道庵は素早く否定した。

何かある……。

吉沢大五郎殺しの一件には、二十五、六の姉と二十歳ほどの弟の姉弟が関わっているのかもしれない。

半兵衛はそう睨んだ。

三

いずれにしろ道庵をこのままにしてはおけない。

半兵衛は北町奉行所に行き、養生所見廻り同心神代新吾《かみしろしんご》を探した。

神代新吾は、俗に〝三廻り〟と呼ばれる定町廻り同心が志望だ。だが、未だにその望みは叶《かな》わず、時々半兵衛の手伝いをして欲求不満を解消していた。

「何ですか、半兵衛さん」

新吾は半兵衛の前に座った。

「胃の腑に質の悪い腫れ物が出来た人がいてね。本人は不治の病だと思って諦めているんだが、そんなものなのかどうか、良哲さんに訊いてみてはくれぬか」

小川良哲は、小石川養生所の設立を公儀に提案した小川笙船《しょうせん》の孫であり、肝煎りの本道医である。そして、良哲と新吾は、幼馴染《おさななじ》みの友でもあった。

「分かりました。明日、良哲に訊いてみます。ところで半兵衛さん、新大橋にあがった土左衛門。下手人、分かったのですか」

新吾は興味津々《しんしん》で訊いてきた。

「いや。まだまだだよ」

「そうですか……」

新吾は妙に落胆した。

半兵衛は苦笑した。

半次は谷中を巡り、賭場を開いている寺を探した。だが、寺は五十余りもあり、一人での探索は難渋を極めた。

仕方がねえ……。

半次は踵《きびす》を返し、両国柳橋《やなぎばし》に向かった。

「ご免なすって……」

半次は、柳橋の船宿『笹舟《ささぶね》』の暖簾を潜った。

「いらっしゃいませ」

『笹舟』の養女のお糸《いと》が、奥から帳場に現れた。

「あっ。半次の親分さん」

お糸は微笑《ほほえ》んだ。

「お嬢さん、弥平次《やへいじ》の親分さん、おいでになりますかい」

「ええ、おります。どうぞ、お上がりください」

半次は、お糸に促《うなが》されて帳場にあがった。

「おう、どうした。半次」

『笹舟』の主《あるじ》で岡っ引の柳橋の弥平次は、長火鉢の前に座って半次を迎えた。

「へい。お久し振りにございます」

「知らん顔の半兵衛旦那は、お達者かい」

白縫半兵衛は、事件に関わる哀しい者たちを知らぬ顔をして見逃すところから〝知らぬ顔の半兵衛〟と渾名《あだな》されている。

「お蔭さまで……」

お糸が、傍らで茶を淹《い》れ始めた。

「そいつは何よりだ。で、今日は何の用だい」

「へい。実はお願いがあって参じました」

半次は事の次第を説明し、賭場を開いている寺の探索に難渋していると正直に告げた。

お糸は、半次に目顔で〝どうぞ〟と云い、茶を差し出した。

半次はお糸に小さく会釈をし、話を続けた。

「そいつは面倒だな」

「それで……」

半次は身を乗り出した。

「よし。雲海坊《うんかいぼう》と由松《よしまつ》に手伝わせよう」

弥平次は先を読み、手先である托鉢坊主《たくはつぼうず》の雲海坊としゃぼん玉売りの由松を助っ人に出してくれると云った。

半次は思わず頭を下げた。

「お糸」

「はい」

「勇次《ゆうじ》に雲海坊と由松を呼んで来るように伝えてくれ」

お糸は、船頭で手先の勇次のいる船着場に急いだ。

「助かります、親分」

半次は礼を述べた。

「なあに、お互い様だよ。気にするな。それで、半兵衛の旦那は……」

「仏の知り合いを探し、その身辺を詳しく調べております」

「お一人でかい」

「はい……」

「よし。幸吉《こうきち》に手伝わせよう」

弥平次は、半兵衛の手伝いに下っ引の幸吉を出してくれる。

「親分、何からなにまでありがとうござんす」

半次は両手をつき、深々と頭を下げた。

「なあに、今月は北の御番所の月番。それに秋山《あきやま》さまも和馬《かずま》の旦那もお暇でね」

弥平次は笑った。

夕暮れの川風が、開け放たれた縁側から心地良く吹き抜けた。


八丁堀北島町の半兵衛の組屋敷は、夜の静けさに包まれていた。
二十五、六歳の姉と二十歳ほどの弟……。
「その姉弟、吉沢大五郎さんが殺された事と関わりありますね」

幸吉は、半兵衛の話を聞き、そう睨んだ。

「やっぱり、そう思うかい」

半兵衛は、幸吉の湯呑茶碗に酒を満たしてやった。

「畏れ入ります」

幸吉は礼を述べ、酒を啜った。

「旦那、殺された吉沢さんと易者の道庵さん、信濃のいずれの御家中の御家来だったのですか」

「そいつなんだが。道庵さん、言葉を濁してね。おそらくその辺にいろいろあるのかも知れないな」

「そうですか……」

囲炉裏《いろり》の炭は赤く燃え、音を立てて爆《は》ぜた。

「それで旦那、あっしは何を……」

「うん。私は易者の道庵に張り付いてみる。幸吉は殺された吉沢大五郎の国元などを詳しくな」

「承知しました。それにしてもその道庵さん、不治の病だなんてお気の毒ですねえ」

半次は眉を寄せた。

「うん。それなんだよな。気になるのは……」

半兵衛は酒を飲み、胃の腑の痛みに苦しむ道庵の姿を思い浮かべた。そして、己の胃の腑をそっと押さえてみた。幸いな事に、痛みも不快感もなかった。

半次は、助っ人に来てくれた雲海坊と由松に事件の経緯を教え、賭場を開いている寺の割り出しを急いだ。

博奕打ちに場所を貸し、賭場を開いている寺が幾つか浮かんだ。

地廻りの竜次は、その何処かに身を潜めているかも知れないのだ。

半次、雲海坊、由松は手分けして賭場に潜り込み、竜次の行方を追い続けた。


半兵衛がお稲荷長屋の木戸を潜った時、道庵の家の前にはおかみさん連中が集まり、騒然としていた。

「どうした」

半兵衛は道庵の家に急いだ。

「あっ、旦那。丁度《ちょうど》良かった。何とかして下さい」

おかみさんの一人が、髪を振り乱して叫んだ。

半兵衛は道庵の家に入った。

家の中では、数人のおかみさんが道庵にしがみついていた。

道庵の手には脇差が握られ、その口元と腹に血が滲んでいた。

「放せ。放してくれ」

道庵は顔を激しく歪め、髪を振り乱して脇差を胃の腑に突き立てようとしていた。その腕に二人のおかみさんが必死にしがみついていた。

「死なせてくれ……」

道庵は胃の腑の激痛に耐え切れず、腹を切って死のうとしたのだ。だが、長屋のおかみさん連中が気付き、懸命に止めていたのだった。

「旦那、早くどうにかしてください」

おかみさんが叫んだ。

半兵衛は部屋にあがり込み、道庵の手から脇差を奪い取った。

道庵は激痛に悲鳴をあげ、胃の腑を抱えて身を縮めた。

おかみさんたちは、大きな吐息を洩らしてへたり込んだ。

半兵衛は道庵を寝かせ、血の滲んでいる腹を診た。腹の傷は、胃の腑の激痛に手が震えたため浅手だった。

「浅手だ。心配無用だ」

「良かった……」

おかみさん連中は、額に浮かんだ汗を拭った。

道庵は身を縮めて呻き続けた。

小石川の養生所に連れて行くしかない……。

半兵衛はそう決めた。

「誰か、辻駕籠《つじかご》を呼んできちゃあくれないかな」

「あいよ」

戸口にいたおかみさんが走った。

半兵衛は嫌がる道庵を辻駕籠に乗せ、三河町から神田川に架かる昌平橋を渡り、小石川の養生所に急いだ。

道庵は己の身を両手で抱き締め、苦しく呻き続けていた。胃の腑の痛みは、その間隔を短くしていた。

小石川養生所は、通いの患者も入室患者も多く、幕府は年額七、八百両の運営費を出していた。金銭の出納は勘定奉行勝手方掛かりが行い、監督に町奉行所の与力・同心が詰めていた。そして、医師は本道医（内科）二人、外科医二人、眼科医一人が本勤の定員であり、他に見習い医師や男女の患者世話人がいた。

半兵衛と親しい神代新吾は、そうした養生所廻りの同心だった。

半兵衛と辻駕籠が養生所の門を潜った時、新吾が玄関先に出て来た。

「あれ、半兵衛さん」

新吾は怪訝に立ち止まった。

「おう、新吾。例の病人を連れて来た。良哲先生いるか」

「はい」

新吾は奥に戻った。

狭い病人部屋には、薬の匂いが滲みこんでいた。

養生所肝煎り医師小川良哲は、道庵を診察して痛み止めの薬を処方した。

道庵は痛み止めの薬が効いたのか、眠りに落ちた。

良哲は、半兵衛を診察室に呼んだ。

「如何ですか」

「それなんですがね、半兵衛さん。本人は胃の腑に質の悪い腫れ物が出来ていると云っているのですね」

「ええ。何でも不治の病だとか……」

「ま、胃の腑の質の悪い腫れ物は、確かに不治の病ですが……」

良哲は眉を顰めた。

「違うのですか」

「胃の腑に腫れ物がないのです」

半兵衛は驚いた。

「ええ。腫れ物はありません」

良哲は断言した。

「じゃあ、あの痛みは……」

「おそらく胃の腑の爛《ただ》れが酷《ひど》いのでしょう」

良哲は、道庵の胃の腑の病をそう診立《みた》てた。

「爛れ……」

「ええ。口元の血は、おそらく胃の腑の爛れから出たものですよ」

「じゃあ不治の病では……」

「ええ。胃の腑の爛れも恐ろしく難しい病ですが、養生次第では治ることもあります」

「そうですか……」

半兵衛は、他人事《ひとごと》ながら安心した。

「道庵さん、きっと質の悪い腫れ物の病を聞き、自分もそうだと思い込んだんですよ」

「ない」

新吾が笑った。

「新吾、どっちにしろ笑っていられる病じゃあないよ」

良哲は厳しい面持ちで窘《たしな》めた。

「うむ。分かっている」

新吾は仏頂面で頷いた。

「じゃあ、これからどうしたらいいですかね」

半兵衛は良哲に尋ねた。

「ま、しばらく病人部屋で養生して貰いましょう」

「そうですか、そうしていただけると助かります」

道庵が養生所の病人部屋に入ってくれると、半兵衛にとっても見張る手間が省けて好都合だ。

「それから良哲先生、お願いがあります」

半兵衛は良哲に向き直った。

「なんですか」

「今しばらく、病が胃の腑の爛れだということ、道庵さんに内緒にしておいてくれますか」

「それは……」

良哲は眉を顰めた。

不治の病でないと分かれば、道庵は希望を持って養生するかも知れない。そうすれば、病の治りも早い場合もあるのだ。良哲はそれを心配した。

「いえ。道庵さんが目を覚ました時、今のままでちょいと話をしたいだけです」

半兵衛は微笑み、頭を下げた。

良哲は頷くしかなかった。


池之端の教法寺の境内《けいだい》には、遊ぶ子供たちの声が溢れていた。

幸吉は教法寺の住職に断り、裏手にある吉沢大五郎の借りている家に入った。

家の中は雨戸が閉められていて、暗く沈んでいた。

幸吉は雨戸を開け、家の中を調べた。家の中は既に半兵衛が調べており、特に変わったことはなかった。

庭先の植込みに人影が過ぎった。

幸吉は咄嗟《とっさ》に身を潜めた。

植込みから現れた人影は、足音を忍ばせて縁側に近付いて来た。

誰だ……。

幸吉は、近付いて来る人影の正体を見定めようとした。

人影は外壁に身を寄せ、家の中を窺った。

若い女だった。

幸吉は息を潜め、若い女が何をするのか見守った。

若い女は、家の中に吉沢大五郎がいるかどうか、確かめようとしている。

幸吉はそう睨んだ。

「ご免下さい……」

若い女は躊躇《ためら》った挙句、恐る恐る声を掛けた。勿論、返事をする筈の吉沢大五郎はいない。家の中は静まり返っていた。

若い女は小さな吐息を洩らし、庭先から足早に出て行った。

幸吉は追った。

池之端教法寺を出た若い女は、湯島天神の裏手から境内を抜け、門前町を進んだ。

若い女は何処の誰で、吉沢大五郎とはどのような関わりがあるのだ。

幸吉は尾行を続けた。

刹那《せつな》、若い女が立ち止まり、素早く振り返った。幸吉は、思わず立ち止まりそうになった。だが、立ち止まれば、不審を招くだけだ。

幸吉は立ち止まるのを辛うじて堪《こら》え、変わらぬ足取りで佇《たたず》む若い女を追い抜いた。

若い女は鋭い眼差しで、行き交う人々を油断なく窺っていた。明らかに尾行を気にしている姿だった。

武家の娘……。

幸吉はそう思った。そして、近くの路地に入り、尾行態勢を整えた。

若い女は尾行者がいないと見定め、再び歩き出した。

門前町を抜けた若い女は、通りを進んで左手にある妻恋町に入った。

若い女は、妻恋町の片隅にある裏長屋の木戸を潜り、一番奥の家に入った。

「只今戻りましたよ」

若い女の声が聞こえた。

誰かと一緒に暮らしている……。

幸吉は見届けた。

痛み止めの薬が効いたのか、道庵は久々に熟睡した。

「やあ……」

半兵衛がいた。

「白縫さん……」

道庵は身を起こそうとした。

「そのまま、そのまま……」

半兵衛は押し止めた。

「では、お言葉に甘えて……」

道庵は身を横たえた。胃の腑の痛みは薄らぎ、鈍痛が微かに感じられるだけだった。

「胃の腑の痛み、余りないようですね」

「お蔭さまで……」

「道庵さん。良哲先生、しばらくここで養生しなさいと仰っていましたよ」

「養生……」

「ええ……」

「ですが白縫さん。私の病は死病。幾ら養生しても無駄です。こうして痛みを消して貰えれば結構ですよ」

道庵は淋しげに笑った。

「不治の病ですか……」

「ええ。私も易者の端くれ、胃の腑に質の悪い腫れ物が出来てから己の手相を観ましてね。そうしたら、寿命を示す線がぷっつりと切れておりましてね……」

「それで不治の病、死病だと……」

「ええ……」

道庵は庭を眺めた。

風が庭木の梢を静かに揺らしていた。

道庵は、眩《まぶ》しげに目を細めた。

「私も吉沢も、思えば短い生涯でした」

「道庵さん……」

「白縫さん、お気付きでしょうが、私は信濃のさる藩の家臣でした」

半兵衛は頷いた。

「八年前、国元の上役が藩の金を横領していましてね。私たちはそれを止めさせようと上役に談判したのです。すると、上役は逆上して私たちに斬り掛かってきたのです」

「斬り掛かってきた……」

「驚きました。そして、咄嗟に応戦して……」

道庵の顔に後悔の念が滲み出た。

「……上役を斬りましたか」

「ええ……」

道庵は上役を斬った。おそらく吉沢大五郎も、道庵と一緒に上役を斬ったのだ。

「如何に斬り掛かられた弾み、我が身を護る咄嗟の出来事とはいえ、上役を斬ったのは事実です。私たちは国元を逐電《ちくでん》しました」

上役の公金横領には、確かな証拠は残されていなかった。藩は道庵たちに追手を掛けた。

道庵と吉沢大五郎は、諸国を逃げ廻った。

やがて、藩の追手は引き上げ、上役の子供が仇討ちに出立した。

道庵たちは江戸に逃げ込み、人込みに身を隠した。以来、道庵は易者となり、吉沢大五郎は寺子屋の師匠として暮らしてきたのだ。

半兵衛はそう読んだ。

易者の道庵は、仇《かたき》として追われる身だった。おそらく、殺された吉沢大五郎も同様の身だった。

半兵衛は、かつて道庵が訊いてきた言葉を思い出した。

吉沢大五郎の身辺に、二十五、六歳の姉と二十歳ほどの姉弟はいなかったか……。

その姉弟が、道庵と吉沢大五郎が斬った上役の子供であり、二人を父親の仇として追って来ているのだ。

吉沢大五郎を殺したのは、その姉弟なのかも知れない。仮にそうだとしたら、姉弟は仇討ち赦免状《しゃめんじょう》を所持している筈であり、町奉行所に届け出ていれば罪にはならない。しかし、仇討ち赦免状が、月番の北町奉行所に届けられた様子はなかった。

仇として追われる身の道庵は、胃の腑が不治の病に侵されたと信じて死の覚悟を決めた。

覚悟は、吉沢大五郎の死によって深まった。

道庵は微かに顔を歪めた。

胃の腑の痛みが、激しくなってきたのだ。

「大丈夫ですか」

「はい……」

道庵は頷きながらも、激しく顔を歪めた。

「良哲先生に来ていただきますか」

「お、お願いします」

道庵は激痛に身を縮めた。

半兵衛は腰を浮かした。

「あっ、そうだ道庵さん。良哲先生の診立てでは、胃の腑の痛みは、質の悪い腫れ物のせいではなく爛れだそうですよ」

「爛れ……」

「ええ。胃の腑の爛れは、不治の病ではなく、養生次第で助かる事もあるそうですよ」

「まことですか」

道庵は驚き、尋ねた。

「ええ、本当です。良哲先生を呼んできます。直《じか》にお聞きになるが宜《よろ》しい」

半兵衛は、微笑みを浮かべて出て行った。

「不治の病ではない……」

道庵は胃の腑の痛みも忘れ、呆然と呟いた。

四

宮本早苗《みやもとさなえ》……。

それが、裏長屋に住む若い武家娘の名前だった。

「一緒に暮らしているのは何方《どなた》ですか」

幸吉は、裏長屋の大家の家を訪ねた。

「弟の宮本小一郎《こいちろう》さんだよ」

宮本早苗と弟の小一郎……。

「どのような方たちですか」

庭先に通された幸吉は、縁側に腰掛けて出された茶を啜った。

「信濃の国は高島藩御家中のご姉弟でね。父親の仇を探しているそうだよ」

「父親の仇……」

幸吉は眉を顰めた。

「ああ。なんでも八年もの間、諸国を探し廻って江戸に来たって話だ」

「そうですか……」

姉と弟の二人は、八年間も父親の仇を追って旅をして来た。そして、姉の早苗は、吉沢大五郎の家を窺いに来た。

吉沢大五郎は、宮本早苗の父親の仇と関わりがある……。

幸吉はそう睨んだ。

「仇を討たない限り、先祖代々続いた家はお取り潰し。お侍も大変だよ」

大家は宮本姉弟に同情的だった。

「まったくですねえ」

幸吉は調子を合わせた。

「おまけに弟の小一郎さんは、仇を討つ気がなくてねえ」

「えっ。弟さんは仇を討つ気がないのですか」

幸吉は少なからず驚いた。

「ああ。弟の小一郎さん、絵を描く才があってね。仇討ちより、絵師になって名をあげたいそうだ」

大家は呆れていた。

「絵師ですか……」

「毎日、仇を探すでもなく、絵を描いているよ。あれじゃあ姉上の早苗さんがお気の毒ってもんだ」

「成る程ねえ……」

弟の小一郎は、姉の早苗の願いをよそに絵師になりたがっている。

「ところで早苗さんと小一郎さん、どうかしたのかい」

大家は怪訝な眼を向けた。

「いいえ。ちょいと素性が気になっただけでして、でも大家さんのお話で良く分かりました。ご造作をお掛けしました」

幸吉は丁寧に礼を述べ、大家の家を後にした。

谷中の寺町は夕暮れに包まれた。

半次、雲海坊、由松は、賭場を開帳している寺を割り出し、明神の竜次の行方を捜し続けていた。

三人は地道に探索を続け、賭場を開帳している寺は残り僅かになっていた。

富籤興行で名高い谷中天王寺は、周囲に各寺の門前町を抱え、岡場所も賑わいを見せていた。

半次が入った西光寺門前の蕎麦屋《そばや》には、既に雲海坊と由松が来ていた。

半次は蕎麦屋の親父に酒を頼み、雲海坊と由松の傍に座った。

「飯、食べたかい」

「いえ、まだ……」

由松が首を横に振った。

「じゃあ、何でも食べてくれ」

「半次の親分、あっしたちも弥平次から小遣いを貰っています。ご心配なく」

「そりゃあ良く分かっている。だがな雲海坊、俺の顔も立ててくれ」

半次に拘《こだわ》りはなかった。

「そりゃあ勿論……」

雲海坊は笑った。

半次たちは蒲鉾《かまぼこ》を肴に酒を飲み、蕎麦を啜った。

「で、竜次らしい野郎、いたかい」

「へい。三浦坂の途中にある承福寺って寺が、賭場を開いていましてね。最近、いついている野郎がいるそうでして、そいつが竜次かも知れません」

由松は、かけ蕎麦を啜りながら告げた。

「雲海坊はどうだい」

「気になる奴、いるにはいるんですがね。先ずは、由松の気になる奴を当たってみますか」

雲海坊は手酌で酒を飲んだ。

「よし。そうしよう」

半次はそう決め、酒を飲み干した。

男と女の嬌声が、夜の門前町に賑やかにあがった。


囲炉裏の炎は青白く燃えていた。

半兵衛は茶碗酒を飲みながら、幸吉の話を聞き終えた。

信濃国高島藩家中、宮本早苗と小一郎……。

「その姉弟が、父親の仇を探しているのかい」

「はい。で、姉の早苗さまが吉沢大五郎さんの家を覗きにきたのです」

「って事は……」

半兵衛は、幸吉の湯呑茶碗に酒を満たした。

「ありがとう存じます。吉沢大五郎さんが父親の仇だと思います」

幸吉は礼を述べ、自分の睨みを語った。

「きっと幸吉の睨み通りだよ」

半兵衛は頷いた。

「そして、易者の道庵さんも宮本姉弟の仇の一人だよ」

「易者の道庵さん……」

半兵衛は、養生所で聞いた道庵の告白を幸吉に伝えた。

「そうでしたか……」

幸吉は酒を飲むのも忘れ、半兵衛の話を聞き終えた。

「それにしても早苗さんと小一郎は、父親の仇の吉沢大五郎の居場所を知っていながら何故、仇討ちをしなかったのかな」

半兵衛は首を捻った。

「そいつなんですがね。弟の小一郎さん、父親の仇討ちより、絵に夢中らしいですよ」

「絵……」

半兵衛は眉根を寄せた。

「はい」

「絵って、襖《ふすま》や掛け軸の絵かい……」

「ええ。小一郎さんには絵の才があり、当人も絵師になりたいと願っているそうです」

「って事は小一郎には、もう仇討ちをする気はないって云うのかい」

「ええ。それで姉の早苗さん一人じゃあ、吉沢さんの居場所を知っていてもどうしようもなかった。違いますかね」

幸吉は酒を飲んだ。

「そうかもしれないな」

いや。おそらくそうなのだろう……。

半兵衛は、幸吉の読みを認めた。

宮本早苗は、吉沢大五郎が殺されたのを知っているのか。そして、易者の道庵も父親の仇として探しているのだろうか。

宮本早苗に逢ってみる必要がある。

半兵衛は、手酌で湯呑茶碗を満たした。

囲炉裏の火が爆ぜ、火の粉と一緒に甲高い音が鳴った。

谷中承福寺は門を閉ざし、暗く静まり返っていた。

裏木戸は博奕打ちたちに固められ、裏庭にある家作では賭場が開帳されていた。

賭場には男たちの熱気と汗が満ち溢れ、欲望が渦巻いている。

半次と由松は遊び人を装い、盆茣蓙《ぼんござ》の端に連なって博奕に興じていた。

雲海坊は休息場に陣取り、貧乏徳利を抱えていた。

時が過ぎた。

半次と由松は、勝ちもせず負けもしないように駒を張り続けた。

戌《いぬ》の刻五つ（午後八時）が過ぎた頃、家作の奥の納戸から若い男が大欠伸をしながら現れた。

寝不足で赤い眼をした若い男は、雲海坊の隣で酒を飲み始めた。

「居続けかい……」

雲海坊は笑い掛けた。

「ああ……」

若い男は無愛想な一瞥《いちべつ》を雲海坊に与え、茶碗に満たした酒を一気に飲み干した。

明神下の地廻りの竜次に違いない……。

雲海坊の直感が囁《ささや》いた。

「由松……」

雲海坊は、盆茣蓙の端にいた由松を呼んだ。

由松が振り向いた。

「なんですかい」

由松は竜次を一瞥した。

「そろそろ帰るぜ」

「へい。じゃあ兄貴」

由松は半次に声を掛け、駒札を持って胴元の許《もと》に向かった。

半次は大きく背伸びをしながら立ちあがり、雲海坊と竜次の傍にやって来た。

雲海坊は、酒の入った湯呑茶碗を置いた。

「明神下の竜次だな」

半次が囁いた。

竜次の血相が変わった。同時に、雲海坊が竜次の脇腹に匕首を突き付けた。

「静かにしろ」

雲海坊が静かに言い聞かせた。

竜次は言葉を飲んだ。

「一緒に来て貰うぜ」

半次は竜次を立たせた。その間も雲海坊の匕首は、竜次の脇腹に突き付けられていた。

「下手な真似をすりゃあ、どうなるかは分かっているな」

半次と雲海坊は、竜次を連れて賭場を出た。

由松が油断なく背後を護った。博奕打ちや客たちは、半次や雲海坊たちの動きに気付かなかった。

何もかも打ち合わせ通りだった。


「なにしやがる……」

竜次は震えた。

「手前、吉沢大五郎って浪人を手に掛けたな」

半次は懐《ふところ》の十手を見せた。

竜次はいきなり半次を突き飛ばし、逃げようとした。

雲海坊は、咄嗟に足を竜次に絡ませた。

竜次は短い悲鳴をあげ、足を縺《もつ》れさせて顔から地面に倒れ込んだ。

「馬鹿野郎……」

半次が竜次を蹴り飛ばし、由松が素早く押さえて縄を打った。

明神下の地廻りの竜次は、ようやくお縄になった。


妻恋坂は日差しに溢れていた。

半兵衛は妻恋坂をあがり、突き当たりの妻恋町に入った。宮本早苗と小一郎が暮らす長屋はその片隅にある。

昼下がりの長屋は、おかみさんや子供たちの姿も見えず、静まり返っていた。

「ご免……」

半兵衛は、早苗と小一郎の暮らす家の腰高障子を叩いた。

「只今……」

宮本早苗が、腰高障子を開けて顔を出した。

「やあ、宮本早苗さんですね」

半兵衛は微笑んだ。

「はい……」

「私は北町奉行所臨時廻り同心の白縫半兵衛です」

早苗は、突然訪れた町方同心に戸惑いを見せた。

早苗の背後の家の中には、絵を描いている若い男の背中が僅かに見えた。おそらく弟の小一郎だ。

「あの、何か……」

早苗は半兵衛の視線を遮った。

「ちょいと訊きたい事がありましてね……」

半兵衛は早苗を外に誘った。

妻恋坂や妻恋町の名の謂《いわ》れになった妻恋神社の狭い境内には、微風が吹き抜けていた。

「あの……」

早苗は、半兵衛に不安げな眼差しを向けた。

「信濃国は高島藩御家中の宮本早苗さんと弟の小一郎さんですね」

「左様にございますが……」

早苗は、警戒するように半兵衛を見詰めて頷いた。

「吉沢大五郎、殺されましたよ」

「殺された……」

早苗は息を飲んだ。

「ええ。喧嘩の仲裁に入り、地廻りの竜次って奴の恨みを買ってね」

今朝早く、竜次は吉沢殺しを自供した。

「そうですか、吉沢大五郎は殺されたのですか……」

早苗の顔に疲れと安堵が交錯した。

「五年ですか、吉沢をお父上の仇として追っての旅は……」

「白縫さま……」

早苗は眉を曇らせた。

「いろいろ調べさせて戴きましたよ」

「そうですか……」

早苗の眼に哀しみが滲んだ。

「仇討ち本懐が遂げられず、無念ですか……」

「いいえ……」

早苗は、意外にも首を横に振った。

「仇はもう一人いますから……」

早苗は、残る一人を討ち果たして本懐を遂げる気なのかも知れない。

半兵衛は道庵を思い浮かべた。

「大野清之助《おおのせいのすけ》ですか……」

半兵衛は、道庵の本名が大野清之助だと初めて知った。

「これからは、その大野清之助を探しますか」

早苗が探すと云った時、半兵衛はどうするかを決めてはいなかった。

道庵のことを教えるかどうか……。

半兵衛は迷っていた。

「白縫さま、亡き父には申し訳ございませんが、仇討ちはもう……」

早苗は言葉を濁した。

「もう、どうします」

半兵衛は先を促した。

「弟小一郎は仇討ちの望みをとうに棄て、絵師を志しております。私は姉として、弟の志を叶えてやりたい」

早苗は半兵衛を見詰め、己に言い聞かせるように云った。

「早苗さん……」

「白縫さま。父が斬られたのは、それなりの理由があってのことと聞き及びます」

早苗は、父親に公金横領の疑いがあるのを知っていた。

「それから八年。吉沢大五郎は殺されました。大野清之助もどうなっていることか……」

早苗は視線を遠くに向けた。

「もう古い昔のことは忘れ、新しい生き方をすべきだと……」

仇討ち本懐の望みは棄《す》て、弟の小一郎と共に新しい生き方をしていく。

早苗はそう決意していた。だから、吉沢大五郎の家を知りながら、何もしないで様子を窺っていただけなのだ。

「そりゃあいい」

半兵衛は微笑んだ。

「白縫さま……」

早苗は顔をほころばせた。明るく美しい笑顔だった。

「それがいいですよ。早苗さん」

早苗と小一郎の姉弟、そして道庵の三人は、過去を棄てて生まれ変わるべきなのだ。

道庵に、早苗と小一郎姉弟のことを教えるのを止め、早苗には、道庵のことを告げない。

半兵衛はそう決めた。

道庵は胃の腑の病の養生をし、早苗は小一郎の志を叶えてやり、幸せな生涯を送るべきなのだ。

世の中には、私たちが知らない顔をした方が良いことがある。

微風が吹き抜け、妻恋神社の境内に木洩れ日が煌《きら》めいた。

第二話　疫病神《やくびょうがみ》

一

その夜、小間物屋『扇堂《おうぎどう》』の主《あるじ》・彦右衛門《ひこえもん》が斬殺されたのは、浅草広小路にある店の前であった。

出先から帰って来た彦右衛門が、辻駕籠《つじかご》を降りて『扇堂』の潜り戸を叩いた時、着流しの武士が現れた。そして、言葉を交わすこともなく、武士は彦右衛門を袈裟懸《けさが》けに斬り棄《す》てた。

奉公人が潜り戸を開けた時、彦右衛門は即死状態だった。

巳《み》の刻四つ（午前十時）。

北町奉行所臨時廻り同心白縫半兵衛は、外濠に架かる呉服橋を渡って北町奉行所の門を潜った。

「半兵衛さん、大久保《おおくぼ》さまがお待ちですよ」

出涸《でが》らしを飲んでいた、定町廻り同心の風間鉄之助《かざまてつのすけ》が声を掛けてきた。

「大久保さまが……」

半兵衛は眉を顰《ひそ》めた。

支配与力の大久保忠左衛門《ちゅうざえもん》に呼ばれてろくなことはない。

「ええ。早く行った方が宜しいですよ」

風間は、目の端に冷笑を滲ませた。

半兵衛は吐息を洩らし、忠左衛門の用部屋に向かった。

「大久保さま。白縫半兵衛、御用と承《うけたまわ》り、参上致しました」

半兵衛は、用部屋の前の廊下に片膝を突き、障子越しに声を掛けた。

「遅いぞ、半兵衛」

忠左衛門の苛立った声が返ってきた。

「申し訳……」

「さっさと入れ」

忠左衛門は、半兵衛の詫びを遮った。

半兵衛は苦笑し、障子を開けて用部屋に入った。

忠左衛門は首筋を伸ばし、半兵衛が座るのを待っていた。

「半兵衛、昨夜、浅草広小路の小間物屋扇堂の主・彦右衛門が何者かに斬られてな」

「ほう、小間物屋の主が……」

「左様、袈裟懸けの一太刀だそうだ」

「袈裟懸けの一太刀……」

人間を袈裟懸けの一太刀で葬《ほうむ》るのは、至難の技だ。

下手人《げしゅにん》は剣の修行をした武士。それも、かなりの使い手といえる。

「うむ。それも出先から帰って来て、己の店の前でな」

忠左衛門は眉を顰めた。

「どう思う」

「はあ。辻斬りや物盗りではありませんね」

「そうか……」

「はい。辻斬りや物盗りならば、わざわざ店の前で殺《や》るとは思えません。おそらく待ち伏せをしての仕業でしょう」

「そうか、待ち伏せか……」

忠左衛門は、感心したように頷いた。

「ええ。つまり、下手人は彦右衛門が出掛けていて、帰って来るのを知っていた」

「ならば、彦右衛門の身近にいる者か」

「かもしれません」

「よし、半兵衛。その方、これより探索に掛かってくれ」

「えっ、私がですか」

「半兵衛、他に誰かいるか」

忠左衛門は用部屋を見廻した。

「いえ……」

「半兵衛、他の者は、皆事件を抱えて御用繁多。一人のんびり好き勝手をしているのは、その方だけだ」

忠左衛門は首の筋を伸ばし、半兵衛の顔を覗き込んだ。

最早、否応はない……。

「承知しました。すぐに探索に掛かります」

長居は無用だ……。

半兵衛は忠左衛門に挨拶をし、早々に用部屋を出た。

浅草広小路は、金龍山浅草寺に参詣に来た人々で賑わっていた。

主を失った小間物屋『扇堂』は、大戸を閉めて喪に服していた。

半兵衛と半次は、彦右衛門の死体を検めた。

「見事な袈裟懸けですね」

半次は声を潜めた。

彦右衛門は、袈裟懸けの一太刀で見事に斬殺されていた。

「うん。おそろしい使い手だよ」

半兵衛はお内儀と番頭を呼び、彦右衛門の殺された夜の行動を尋ねた。

彦右衛門は、同業者の親しい旦那衆と下谷池之端の料亭に行っていた。

「それで、帰って来たのは……」

「亥《い》の刻四つ（十時）を過ぎた頃ですか。潜り戸を叩かれたので、手代が開けたら……」

彦右衛門は、血まみれになって倒れていた。

「その時、他に人は……」

「旦那さまのお姿に驚き、誰も見なかったそうです」

　番頭は、零《こぼ》れそうになる涙を堪えた。

「一緒に行った旦那たちと料亭の名前、分かりますかい」

　半次が身を乗り出した。

「はい。一緒にいらっしたのは、日本橋は室町の小間物屋紅屋の旦那さまたちで、池之端の料亭は確か華月《かげつ》という店です」

　番頭は鼻水を啜《すす》った。

　お内儀は目をくぼませ、疲れ果てた様子で言葉もなく座り込んでいた。

「そいつを知っていたのは……」

「お内儀さんと手前だけにございます」

　番頭の言葉にお内儀が頷いた。

「そうか……」

　これまでだ……。

　半兵衛は半次を従え、小間物屋『扇堂』を後にした。

　広小路は日差しに溢れ、人々が行き交っていた。

半兵衛は額に手をかざし、眩《まぶ》しげに人の流れを眺めた。

日差しを背にした黒い人影が、人込みを縫って近付いてきた。手先を務めているお役者崩れの鶴次郎《つるじろう》だった。

「どうだい」

「はい。扇堂の商いはまずまずってところだそうでして、番頭さんを始めとした奉公人に妙な者はいないって話ですよ」

鶴次郎は、小間物屋『扇堂』の評判を聞き込んで来た。

「となると、店の中に彦右衛門殺しに関わりのある者はいないか」

「今のところは……」

鶴次郎は頷いた。

「それから、こいつは噂ですがね。旦那の彦右衛門、かなりの女好きだったとか……」

鶴次郎は、頬を歪めて小さく笑った。

「引っ掛かるかい」

「ええ。ちょいと……」

「よし。扇堂と彦右衛門の噂、引き続き調べてくれ」

「承知しました」

「半次は、彦右衛門と一緒にいた日本橋の小間物屋。何ていったっけ」

「紅屋です。旦那に当たってみます」

半次は先を読んだ。

「頼む。私は池之端の華月って料亭に行ってみるよ」

「分かりました」

半次と鶴次郎は頷いた。

「よし。じゃあ、蕎麦屋《そばや》で腹ごしらえをするか……」

半兵衛は、半次と鶴次郎を昼飯に誘った。

日本橋の小間物屋『紅屋』は、室町三丁目の角にあった。

『紅屋』には、若い娘客が出入りをしている。

半次は台所に廻り、お内儀に旦那への取次ぎを頼んだ。

旦那の宇兵衛《うへえ》は、半次を庭先に招いてくれた。

縁側に腰掛けた半次は、お内儀が出してくれた茶を啜って宇兵衛の来るのを待った。

「お待たせしました」

『紅屋』の主の宇兵衛が、店からやって来た。

「あっしは北の御番所の白縫半兵衛さまに手札を貰っている半次と申します」

半次は十手を見せ、自己紹介をした。

「紅屋宇兵衛にございます。して、御用のおもむきは……」

「そいつなのですが。旦那、昨日の夜、どちらにいらっしゃいましたか」

「昨日の夜ですか……」

「どちらかにお出掛けになったとか……」

半次は誘いを掛けた。

「いいえ。昨夜は番頭さんたちと帳簿を付けておりました」

宇兵衛の言葉に作為は感じられなかった。

「昨夜、出掛けなかったのですか」

半次は身を乗り出した。

「ええ……」

「間違いありませんね」

半次は念を押した。

「そりゃあもう。店の者に訊いてくれればはっきりしますよ」

昨夜、『紅屋』の主・宇兵衛は、『扇堂』の彦右衛門と一緒ではなかった。

「じゃあ、池之端の華月って料亭にも行っちゃあいませんね」

「勿論《もちろん》です。親分さん、いったい何があったのです」

宇兵衛は、困惑した眼差しを半次に向けた。

「でしたら旦那。昨夜は浅草の扇堂の旦那と一緒じゃあなかった」

「ええ。扇堂の彦右衛門さん、どうかしたのですか」

「はい。昨夜、出先から帰って来たところを何者かに斬られて……」

「斬られた」

宇兵衛は目を見開き、息を飲んだ。

「そして、お亡くなりになりました」

「扇堂の彦右衛門さんが……」

宇兵衛は呆然と呟いた。

半次は、彦右衛門が宇兵衛と一緒だと言い残して出掛けた事実を告げ、事の顚《てん》末《まつ》を話した。

「彦右衛門さん、手前と一緒だと……」

宇兵衛は混乱していた。

「旦那、彦右衛門さん、何処《どこ》に行ったのか心当たりはございませんか」

「心当たりといってもねえ……」

宇兵衛は眉を顰め、冷えた茶を喉を鳴らして飲み干した。


不忍池の水面は静かに揺れていた。

池之端仲町の料亭『華月』は、老舗《しにせ》の落ち着いた雰囲気を漂わせていた。

「どうぞ……」

『華月』の女将《おかみ》のおせいは、半兵衛に茶を勧めた。

「造作を掛けるね」

「いいえ……」

「それで、浅草の扇堂の彦右衛門だが、昨日の夜、一人で来たんだね」

「はい。暮れ六つ（六時）過ぎ、六つ半になっていましたか、お一人でおみえになりました」

昨夜、彦右衛門は料亭『華月』に一人でやって来ていた。

「それで、彦右衛門はずっと一人だったのかい」

半兵衛は先を促した。

「いいえ、四半刻（三十分）が過ぎた頃……」

おせいは云い澱《よど》んだ。

「日本橋の紅屋の旦那が来たのか」

半兵衛は誘いを掛けた。

「違います。来たのは御高祖頭巾《おこそずきん》を被った女の方でした」

女……。

意外な答えだった。

「はい……」

「どのような女ですか」

「それが、私どもがいる間は頭巾をお取りにならなくて、どのような方かまでは……」

おせいは首を捻った。

「分からなかったのかい……」

「はい。ですが、あの立ち居振る舞い、私には武家の奥方さまのように見えました……」

「武家の奥方……」

「ええ。彦右衛門旦那も妙に遠慮がちで、きっと間違いないと存じます」

おせいは断言し、頷いた。

昨夜、彦右衛門は料亭『華月』で同業の旦那衆ではなく、武家の奥方と思われる女と逢っていた。

「で、女将。彦右衛門とその女、どのくらいまでいたんだ」

「戌《いぬ》の刻五つ半（九時）頃までですか。女の方が先にお帰りになられ、続いて彦右衛門旦那が……」

池之端仲町の料亭『華月』から浅草広小路までは遠くはない。戌の刻五つ半過ぎに『華月』を出て、亥の刻四つ過ぎに浅草広小路の『扇堂』の前で斬殺されるのにおかしなところはない。

「女、帰る時も頭巾を被っていたのかい」

「そりゃあもう……」

おせいは頷いた。

「お座敷にお伺いした時は、次の間にいらっしゃって……」

彦右衛門と武家の奥方と思われる女は、情を交わす仲なのだ。

「その女、此処《ここ》に来たのは初めてなのかい」

「左様にございます」

昨夜、彦右衛門は家人や奉公人に嘘をついて、武家の妻女と密会をしていた。そして、店に帰り着いた途端、待ち伏せをしていた武士に袈裟懸けの一太刀で斬り殺された。

彦右衛門を斬った武士と密会した女は、何らかの関わりがあるのだろうか。

半兵衛は思いを巡らせた。

「ところで女将、女は歩いて帰ったのかい。それとも……」

「町駕籠をお呼びになってお帰りになりましたが……」

「何処の町駕籠だ」

「元黒門町の駕籠清さんです」

「駕籠清《かごせい》か……。いや、いろいろ助かった」

半兵衛はおせいに礼を述べ、料亭『華月』を出て、元黒門町の『駕籠清』に向かった。

駕籠には、〝辻駕籠〟と〝宿駕籠〟がある。

〝辻駕籠〞は立場（休息所）に屯《たむろ》して客待ちをし、〝宿駕籠〞は店を構えた駕籠屋のものである。

御高祖頭巾の女が乗って帰った駕籠は、『駕籠清』という宿駕籠のものだった。

下谷広小路は、上野寛永寺に参詣する人々で賑わっていた。

宿駕籠『駕籠清』は、広小路に面した元黒門町にある。

半兵衛は、『駕籠清』の店土間の框《かまち》に腰掛け、番頭に尋ねた。

「昨夜、戌の刻五つ半頃、華月さんに呼ばれた駕籠ですね」

番頭は帳簿を捲《めく》った。

「うん」

半兵衛は出された茶を啜った。

「ございました。駕籠舁《か》きは松吉《まつきち》と金八《きんぱち》ですね」

「その松吉と金八。今、いるかな」

「はい。松吉、金八」

番頭は、店の横手にある駕籠舁き溜りに声を掛けた。縁台で将棋を指していた二人の駕籠舁きが返事をした。

「小石川……」

　半兵衛は聞き返した。

「へい。華月から湯島天神裏の切り通しを抜け、湯島からの通りを横切り、菊坂から小石川に出た処で降りました」

　松吉は良く覚えていた。

　小石川のそこは、大名の下屋敷と白山権現に囲まれた武家地であり、小旗本や御家人たちの屋敷が連なっている。

　御高祖頭巾の女は、やはり武家の妻女に間違いないようだ。

「御高祖頭巾の女。そこに行くまでの間、何か喋らなかったかい」

「別に。なあ、金八」

「へい」

　金八が言葉少なく頷いた。

「じゃあ、その女、駕籠を降りてどの屋敷に入ったのか分かるかな」

「いいえ。御高祖頭巾の奥方、お屋敷街に入って行きましてね。ありゃあ、お屋敷を知られたくないってところでしょうよ」

　御高祖頭巾の女は、おそらく駕籠舁きの松吉と金八の眼を恐れ、自分の屋敷の手前で降りたのだ。

いずれにしろ、殺された彦右衛門と密会していた御高祖頭巾の女は、小石川の武家屋敷に暮らしている女だ。

半兵衛は、松吉と金八に礼を云って心付けを渡し、下谷広小路の賑わいから離れた。

二

囲炉裏《いろり》にかけられた鍋からは、湯気と一緒に美味《うま》そうな匂いが立ち昇っている。

半兵衛は、半次や鶴次郎と雑炊《ぞうすい》を啜り、調べで分かった事を教えあった。

鶴次郎の聞き込みの結果、小間物屋『扇堂』の主の彦右衛門が恨みを買っていた様子はなかった。

半兵衛は、雑炊を食べながら料亭『華月』で知った事を話した。

半次と鶴次郎は、彦右衛門の隠されていた顔を知り、小さく苦笑した。

「御高祖頭巾の女ですか……」

半次が雑炊を食べ終え、茶を淹れ始めた。

「うん。彦右衛門は、池之端の華月でその女と密会していたって訳だ」

「お武家のご妻女とねえ……」

鶴次郎は苦く笑った。

「で、旦那。その御高祖頭巾の女、小石川で駕籠を降りたんですね」

半次は、半兵衛と鶴次郎に湯気の昇る茶を差し出した。

「うん。小石川片町だ」

半兵衛は頷いた。

「どうやって探しますか……」

御高祖頭巾の女の顔を見た者は、殺された彦右衛門以外に誰もいない。

「難しいのは、そいつなんだな」

半兵衛は、湯気の立ち昇る茶を啜った。

「お屋敷を一軒ずつ訪ねて、浅草の小間物屋の旦那と関わりありますかと訊く訳にもいきませんしね」

鶴次郎は吐息を洩らした。

「それにしてもその女、彦右衛門の旦那と惚れあっているのか、それとも金で身体を売っているのか……」

半次は首を捻った。

「そいつは勿論、金が目当てだろうさ」

鶴次郎は苦笑した。

「金に困って身体を売ったとしたなら、貧乏旗本か御家人。ま、その辺から調べてみるしかないかな」

半兵衛は明日からの探索方針を決め、一升徳利を出してきた。

亀島川を行く船の櫓《ろ》の音が、夜の静けさに響き渡った。


神田鍛冶町《かじちょう》二丁目に連なる店は、大戸を閉め静まりかえっていた。

夜道をやって来た町駕籠は、呉服商『和泉屋《いずみや》』の店先で止まった。

「旦那、着きましたよ」

『和泉屋』の主伊三郎《いさぶろう》が、町駕籠から眠い目をこすりながら降りた。

「ご苦労さん……」

伊三郎は駕籠舁きに酒手を渡し、大きく背伸びをした。

駕籠舁きは礼を云い、夜道を戻って行った。

伊三郎は『和泉屋』の潜り戸を叩いた。

「どなたですか……」

店の中から丁稚《でっち》の声がした。

「私だよ」

「あっ、旦那さま……」

丁稚が潜り戸を開け始めた。

「和泉屋伊三郎……」

伊三郎は、暗がりからの声に怪訝《けげん》に振り向いた。次の瞬間、暗がりから現れた武士が、刀を袈裟懸けに一閃させた。

伊三郎は凝然と立ち竦《すく》み、その胸から血を振り撒いた。

丁稚が潜り戸を開けた時、伊三郎はゆっくりと倒れて土埃を舞い上げた。


「旦那……」

半次の声は切迫していた。

「おう。雨戸にさるは落ちていないよ」

半兵衛は蒲団から身を起こした。

夜はまだ明けてはいない……。

半兵衛がそう思った時、半次が血相を変えて飛び込んで来た。

「どうした」

半兵衛は蒲団を二つ折りにして、部屋の隅に押しやった。

「はい。神田鍛冶町にある呉服屋の旦那が、店の前で斬られたそうです」

「店の前で斬られた」

半兵衛は、悪い予感に突き上げられた。

「ええ。袈裟懸けの一太刀だそうです」

やはり、小間物屋『扇堂』の主・彦右衛門と同じだ。

「よし。行くぞ」

半兵衛は半次を従え、夜明け前の町に飛び出した。

月は蒼く、最後の輝きを放っていた。


呉服商『和泉屋』には、町役人と木戸番たちが集まっていた。

半兵衛と半次は、息を整えて『和泉屋』に向かった。

「ご苦労さまです」

町役人と木戸番たちが迎えた。

「仏さんは」

「仏間です」

半兵衛と半次は、町役人に案内されて『和泉屋』の仏間に入った。

伊三郎の死体は仏壇の前に安置され、お内儀と子供、そして番頭を始めとした奉公人たちが涙にくれていた。

半兵衛と半次は仏に手を合わせ、お内儀に断って死体の検分をした。

傷は左の肩口から右腹に掛け、見事な袈裟斬りだった。

「旦那……」

半次は眉を顰めた。

「うん。彦右衛門と同じだ」

半兵衛は、緊張した面持ちで頷いた。

「じゃあ、同じ下手人ですか」

半次は身を乗り出した。

「そう見ていいだろう」

半兵衛は、彦右衛門と伊三郎を斬り棄てた下手人を同一人物だと睨《にら》んだ。

「じゃあ旦那、あっしは表に下手人が残したものがないかどうか調べてみます」

「うん。頼むよ」

半次は、死体にもう一度手を合わせ、仏間を出て行った。

半兵衛はお内儀と番頭を次の間に呼び、伊三郎の行動を尋ねた。

前夜、伊三郎は商売仲間と逢うと云って出掛けて行った。そして、戌の刻五つ前に店に戻ったところを、斬り殺された。

彦右衛門同様に待ち伏せされていた……。

半兵衛は、伊三郎が逢った筈の商売仲間の名前を訊いた。

「両国広小路にある菱屋《ひしや》の旦那さまと聞いております」

番頭が、すすり泣いているお内儀に代わって答えた。

「じゃあ、何処で逢ったかは……」

「何でも柳橋から船を仕立てるとか……」

伊三郎たちは、柳橋の船宿から屋根船を雇い、舟遊びをすると云い残していた。

「船宿、なんていうんだい」

「そこまでは……」

番頭は首を傾げ、お内儀を見た。

お内儀は鼻水を啜り、慌てたように首を横に振った。

「そうか……」

おそらく、菱屋の旦那も舟遊びも嘘に決まっている。伊三郎は、そうした口実で御高祖頭巾の女と密会をし、斬り捨てられたのだ。

半兵衛はそう睨み、『和泉屋』を出た。

外は薄《うっす》らと明るくなっていた。

半次は、木戸番たちに手伝って貰い、提灯《ちょうちん》や龕灯《がんどう》の明かりを集め、下手人の残したものを探していた。

「どうだ……」

「さっぱりです」

下手人が残したと思われるものは、何一つなかった。

「そうか……」

「で、旦那の方は……」

「伊三郎は両国の呉服屋菱屋の旦那と柳橋で船を仕立てて、舟遊びだそうだ」

半兵衛の言葉には、彦右衛門と同じだという意味が含まれていた。

「どうします」

「無駄かもしれんが、裏は取らなきゃあならんだろう」

「ええ……」

「よし。ちょいと早いが両国に行くか……」

半兵衛は木戸番たちをねぎらい、両国に向かって歩き出した。

半次が続いた。

半兵衛は、結い直していない髷《まげ》の歪みを指先で整えた。

夜が明け始めていた。


両国広小路は、仕事に行く人々で活気に溢れた朝を迎えていた。だが、連なる店の大戸はまだ閉じられていた。

半兵衛と半次は、神田川に架かる柳橋を渡り、船宿『笹舟』の裏手に廻った。

船宿『笹舟』は、岡っ引の弥平次と女房のおまきが営んでいる。

『笹舟』の台所では、伝八《でんぱち》や勇次たち船頭と奉公人たちが賑やかに朝飯を食べていた。

半兵衛と半次は、勝手口から台所に入った。

「お早う。邪魔するよ」

「こりゃあ知らん顔の旦那……」

船頭の伝八が、半兵衛を渾名《あだな》で呼んだ。

「半兵衛の旦那、半次の親分……」

弥平次の手先を務めている勇次が、素早く進み出て迎えた。

「やあ、勇次」

「すぐに親分に……」

勇次は、弥平次に報せに行こうとした。

「勇次、その前に私と半次に朝飯を食べさせて貰えないかな」

「えっ……」

勇次は戸惑った。

「そりゃあもう。こちらにどうぞ……」

船頭の親方の伝八が、半兵衛と半次を飯台の前に招いた。

半兵衛と半次は、飯台の前に座った。飯台の上には、丼に入った漬物と梅干がある。

女中が、飯と蜆汁《しじみじる》、鯵《あじ》の干物焼きを手早く用意してくれた。

「こいつは美味そうだ」

半兵衛と半次は船頭や奉公人たちに混じり、湯気の立つ飯と蜆汁を食べ始めた。

勇次がそっと台所を出て、弥平次とおまきに報せた。

「お前さん、すぐこちらにお通り戴いて……」

おまきは慌てた。

「慌てるんじゃない、おまき。白縫の旦那は、俺たちに気を遣ってのことだ」

弥平次は苦笑した。

「勇次、旦那と半次が食べ終わったら、お通り戴け」

「へい。承知致しました」

差し出された茶は、湯気と芳しい香りを漂わせた。

半兵衛は朝飯の礼を述べ、朝早く両国に来た理由を教えた。

「和泉屋の旦那が……」

「知っているのかい」

「ええ。時々お使い戴いておりますので……」

弥平次は、呉服商『和泉屋』伊三郎を見知っていた。

「どんな旦那だい」

「そいつが、商いには熱心なんですが……」

「女好きかい」

半兵衛は笑った。

「仰《おつしや》る通りで……」

弥平次は苦笑した。

「白縫さま、半次の親分さんが戻りました」

『笹舟』の養女のお糸が顔を見せた。

半次は朝飯を食べた後、両国の呉服商『菱屋』の旦那に聞き込みに行っていた。

「入って貰いな」

「はい。どうぞ……」

「ご免なすって……」

半次は弥平次に挨拶し、半兵衛に報告した。

昨夜、呉服商『菱屋』の主は、『和泉屋』の伊三郎と一緒に舟遊びに行ってはいなかった。

「やはりな……」

「ええ。小間物屋の扇堂の彦右衛門と同じでしたよ」

「後は船宿か……」

「はい」

半次は頷いた。

「お糸……」

「はい」

半次に茶を淹れていたお糸が、その手を止めた。

「昨夜、神田鍛冶町の呉服商和泉屋の旦那、お見えになったかい」

「いいえ。お見えになっておりません」

「どうやら、うちではなさそうですね」

「うん。で、親分、柳橋に船宿は何軒ある」

「旦那、そいつはあっしに任せちゃあ戴けませんか」

「頼めるかい」

「仰るまでもなく」

『笹舟』の主の弥平次にとり、柳橋の船宿を調べるのは造作もないことだ。

半兵衛は、殺された『和泉屋』伊三郎が訪れた筈の船宿の割り出しを弥平次に頼んだ。

柳橋の船宿『笹舟』を出た半兵衛は北町奉行所に向かい、半次は御高祖頭巾の女が町駕籠を降りた小石川片町に急いだ。


北町奉行所与力大久保忠左衛門は、首の筋を怒らせた。

「な、なんだと、神田の呉服屋の主が同じ手口で殺された」

「ええ。昨夜、出先から店に帰って来たところを袈裟懸けの一太刀……」

「二人目か……」

「はい」

「それで、下手人らしき者は浮かんだのか」

「今のところ、皆目……」

「皆目だと」

忠左衛門はかっと目を見開いた。

「手掛かりぐらいはあるだろう。手掛かりぐらいは」

「そりゃあまあ……」

「なんだ。どんな手掛かりだ」

忠左衛門は首を伸ばした。

「殺された扇堂の彦右衛門ですが、同業者との寄り合いは真っ赤な嘘」

「真っ赤な嘘……」

忠左衛門は眉根を寄せた。

「はい。池之端の料理屋で女と逢引きを致しておりました」

「女……」

「はい。それも武家の妻女……」

「ぶ、武家の妻女」

忠左衛門は素《す》っ頓狂《とんきょう》な声をあげた。

「はい」

半兵衛は頷いた。

「どのような家の妻女だ」

「それが、御高祖頭巾を被っておりましてね。顔も身許も……」

「分からないのか」

「ええ……」

忠左衛門は肩を落とした。

「で、どうする。半兵衛」

忠左衛門は身を乗り出した。

「はあ。今、半次たちや柳橋の弥平次が動いてくれています。その内、何か分かるでしょう」

「その内、分かるだと……」

「はい」

「半兵衛、三人目の仏が出たらどうする。暢気《のんき》なことを云っていないで、一刻も早く下手人を見つけて捕らえろ」

忠左衛門は、首の筋を張って怒鳴った。

「ははっ」

半兵衛は慌てて平伏し、早々に用部屋を出た。

小石川の武家屋敷街は、役目に就いている旗本・御家人の出仕も終わって静かな時を迎えていた。

何処からどう調べればいいのか……。

半次は吐息を洩らした。

武家地は云うまでもなく町奉行所の支配違いであり、半兵衛や半次たちの捜査権は及ばない。聞き込みや探索が知れて、無礼打ちにされたところで文句は云えない。だが、手を拱《こまね》いてはいられない。

先ずは噂を拾い集めるしかない……。

半次はそう決め、武家屋敷街に踏み込んだ。

「半次……」

鶴次郎が、横手の路地から現れた。流石《さすが》に緋牡丹《ひぼたん》柄の派手な半纏《はんてん》を裏に返し、濃紺色にしていた。

「来ていたのか……」

「ああ。遅かったな」

「又、殺されたんだよ」

半次は、神田鍛冶町の呉服商『和泉屋』の主が、店の前で袈裟懸けに斬り殺されたことを教えた。

「くそ……」

鶴次郎は悔しげに吐き棄てた。

「で、御高祖頭巾の女、どうだい」

「女より、やっとうの腕の立つ侍を探しているよ」

鶴次郎は御高祖頭巾の女より、袈裟懸けの一太刀で人を斬り殺す使い手を探していた。それ程の剣の使い手は、滅多にいない……。

鶴次郎は、半兵衛の言葉を頼りにしていた。

確かに顔も分からない女を探すより、滅多にいない剣の使い手を突き止める方が容易といえる。そして、剣の使い手の周囲には、必ず御高祖頭巾の女はいる筈なのだ。

剣の使い手がおり、武家の妻女でありながら夜更けに出歩ける環境の家……。

その二点からも、標的はかなり絞ることが出来る。

「成る程、流石はお役者崩れの鶴次郎だ」

半次は、幼馴染《おさななじ》みの鶴次郎の強《したた》かさに感心した。

「誉められる程の事じゃあねえ」

鶴次郎は苦笑した。

「よし、俺もそいつに一口乗るぜ」

半次と鶴次郎は、手分けをして剣の使い手を探し始めた。

柳橋には船宿が数多くある。

弥平次は下っ引の幸吉と勇次に命じ、前の夜に神田鍛冶町の呉服商『和泉屋』の主・伊三郎が訪れていないかを調べさせた。しかし、伊三郎が訪れた船宿は一軒もなかった。

やはり『和泉屋』の主・伊三郎は、家族たちに嘘を云って出掛けていたのだ。

御高祖頭巾の女……。

伊三郎の嘘の背後には、御高祖頭巾の武家の妻女が潜んでいる。

弥平次は、半兵衛の話を思い出した。

柳橋には、船宿の他に貸し座敷や料理屋もある。幸吉と勇次は探索の範囲を広げ、その割り出しを急いだ。

三

小石川白山権現は、天暦《てんりゃく》二年（九四八年）に、加賀国石川郡白山の農耕の神を勧請《かんじょう》したものである。

小普請組土屋左内《つちやさない》の屋敷は、白山権現門前町に近い武家屋敷街の片隅にあった。

土屋左内は八十俵取りの御家人であり、妻の由利《ゆり》と二人で暮らしていた。子のいない屋敷は、賑やかさもなく静まり返っていた。

土屋左内は濡れ縁に座り、慎重な手つきで刀を研《と》いでいた。

刀の刃は、砥石《といし》の白濁した水を纏《まと》いながらも鈍く輝いていた。

土屋は刃の鈍い輝きを見詰め、刀を研ぎ続けた。刀を研ぐ微かな音が、静かな屋敷内に洩れている。

土屋の顔には、微かな笑みが滲んだ。

刃の鈍い輝きの中に、袈裟懸けに斬られて仰《の》け反《ぞ》る人影が浮かんだ。

土屋の微かな笑みには、残忍さと喜悦が入り混じっていた。

土屋左内は刀を研ぎ続けた。

「旦那さま……」

妻の由利が、足音もさせずに現れた。その姿は、貧乏御家人の妻とは思えぬ艶《あで》やかさを秘めていた。

土屋は刀を研ぐ手を止めた。

「今宵も出掛けるのか……」

土屋の眼に嫉妬と期待が滲んだ。

「それは、これからにございます」

由利は微笑《ほほえ》んだ。

艶やかな笑みに微かな侮《あなど》りが過ぎった。

「そうか……」

土屋は、期待に眼を輝かせて再び刀を研ぎ始めた。

「旦那さま、それでは買い物に行って参ります」

「うむ……」

由利は一礼し、再び足音を立てずに立ち去った。

土屋は刀を研ぎ続けた。

木戸門を出た由利は、眩しげに空を見上げて白山権現の門前町に向かった。

武家の妻女が、金を目当てに大店の主と情を交わす。

仮にそうだとしたら、武家の妻女はどのような手立てで大店の主を客に取っているのだろう。

半兵衛は思いを巡らせた。

武家の妻女と大店の主が、直に交渉をしている筈はない。おそらく仲を取り持つ者が存在するのだ。

それが何処の誰なのか……。

そして、小間物屋『扇堂』の彦右衛門と呉服商『和泉屋』の伊三郎は、どうして殺されたのか……。

「分からないことだらけか……」

半兵衛は北町奉行所を後にし、柳橋の船宿『笹舟』に向かった。


半次と鶴次郎は、小石川の武家屋敷街での探索を続けていた。

昼飯時、半次と鶴次郎は白山権現門前の蕎麦屋《そばや》で落ち合った。二人は蕎麦を啜りながら聞き込みの結果を整理した。

剣の使い手と称される小旗本と御家人は、十余人に及んだ。その十余人の中で、舅《しゅうと》や幼い子がいなく、妻女が夜更けに出掛けることの出来る家は七軒あった。

七軒……。

それが、多いか少ないのかは分からない。そして、調べ落ちも当然あるだろうし、確かとは断定は出来ない。だが、半次と鶴次郎は、探索は進んでいると確信していた。

蕎麦を食べ終えた半次と鶴次郎は、七軒の家を手分けして当たる事にした。

「成る程、お侍の奥方を大店の旦那に周旋する者ですか……」

「うん。そんな真似をしている者に心当たりはないかな」

「そうですねえ……」

柳橋の弥平次は首を捻った。

神田川沿い柳原堤に連なる柳は、風に大きく揺れていた。

「ま。親分が知っていたら、放っておくわけはないか」

半兵衛は苦笑いを浮かべた。

「いえ。あの手のものは、一つ潰せばすぐに別のものが出来ましてね。きりのないもんでして、あっしも手を焼いておりますが。旦那、その御高祖頭巾の女、住まいは小石川片町の方でしたね」

「うん。そうだと思うが、何か心当たりあるのかい」

「五年前まで、白山権現門前の古着屋がそんな真似をしていましてね」

「親分が潰したのかい」

「ええ。お金に困った御家人の奥方さまが、客を取りましてね。ご亭主がそれを知り、嫉妬の余り血迷ったんですか、奥方を手に掛けた挙句、通りすがりの人たちにも斬り掛かりましてね。そりゃあ大変な騒ぎでした」

「で。その御家人、どうしたんだい」

「はい。駆け付けた秋山さまが、斬り棄てました」

御家人は捕らえられても、既に死罪は間違いない。そして、手に掛けた己の妻の行状を述べ、家の恥をさらさなければならない。

南町奉行所与力秋山久蔵《きゆうぞう》は、御家人を躊躇《ためら》いなく一太刀で斬り棄てた。久蔵が何故、御家人を斬り棄てたのかは定かではない。そして、事件は御家人の乱心として処理された。

〝剃刀《かみそり》久蔵〟と渾名される秋山久蔵らしい始末だった。

半兵衛は、秋山久蔵の肚《はら》の内が分かった。

その後、弥平次は久蔵の命を受け、御家人の奥方を客に紹介した口利き屋が古着屋だと突き止めてお縄にした。

「白山権現門前の古着屋か……」

「はい」

「よし。行ってみるか」

古着屋が再び商売を始めているのかも知れないし、あるいは別の者が真似をして商売をしていることもあり得る。

半兵衛は、白山権現門前に行ってみることにした。

「旦那、宜しければあっしたちが……」

「それには及ばないよ」

半兵衛は笑った。

「じゃあ、五年前のことを良く知っている雲海坊をお手伝いさせましょう」

「そうか、造作を掛けるね」

「いいえ……」

「じゃあ親分、私は一足先に白山権現に行っていると、雲海坊に伝えてくれ」

「心得ました」

半兵衛は弥平次と別れ、小石川白山権現に向かった。

幸吉と勇次は、湯島天神門前の料理屋に呉服商『和泉屋』伊三郎の足取りをようやく見つけた。

『和泉屋』伊三郎は、料理屋の座敷で女と密会していた。そして、女は御高祖頭巾を被っていた。御高祖頭巾の女は、町駕籠で小石川片町に帰っていた。

浅草の小間物屋『扇堂』彦右衛門の場合と同じだ。

幸吉と勇次は、少なからず安堵した。


小石川白山権現門前は、様々な店の他に野菜を売る百姓たちが露店を並べていた。

由利はそうした露店で野菜を買い、片隅にある古着屋に立ち寄った。

古着屋の店内には、衣紋掛《えもんか》けに掛けられた古い着物が数多く吊るされていた。

由利は派手な着物を見上げながら、店の奥を窺った。痩せた親父が店の奥にいた。

「良い着物、はいりましたか」

由利は親父に声を掛けた。

親父は由利を一瞥《いちべつ》し、奥から出て来て辺りを油断なく窺った。

「扇堂の旦那、奥さまとお逢いになった夜、店の前で殺されましたぜ」

親父は着物の見立てを装い、由利に囁《ささや》いた。

「まあ。恐ろしい……」

由利は美しい眉を顰めた。

「何か心当たりはございますかい」

古着屋の親父は、鋭い眼差しを由利に向けた。

「心当たりなど、皆目……」

由利は小首を傾げた。

古着屋の親父は、昨夜の客の呉服商『和泉屋』の伊三郎の死をまだ知らないでいた。

「そうですか。とにかく今日は、気に入るような品はありませんぜ」

「そうですか、では……」

由利は婉然《えんぜん》と笑い、古着屋を立ち去った。

古着屋の親父は、店の暗がりから鋭い眼差しで由利を見送った。

店先に吊るされた古着が風に揺れた。

半次と鶴次郎の探索は続いた。

夜、自由に出歩ける妻と剣の使い手のいる家……。

半次と鶴次郎は、今までに浮かんだ七軒の家を詳しく調べていった。

夜、自由に出掛ける事が出来ても、年齢が合わない妻女。

剣の使い手であっても、事件のあった夜は出掛けていない。

半次と鶴次郎は、条件に合わない家を除外していった。


派手な花柄の女物の着物は、店先に吊るされて揺れていた。

白山権現門前に古着屋はあった。だが、古着屋が、弥平次に潰された口利き屋かどうかは分からない。

半兵衛は斜向《はすむ》かいの真新しい蕎麦屋に入り、古着屋の様子を窺った。

古着屋に立ち寄る客は滅多になく、主と思われる親父は店の奥から出て来ることはなかった。

「父っつぁん、あの古着屋、いつ頃からあるんだい」

半兵衛は蕎麦屋の主に尋ねた。

「申し訳ありません、旦那。手前どもは半年前に店を開いたものでして、界隈のことはまだ良く分からないのでございます」

「そうか……」

半兵衛は蕎麦を食べ、銚子の酒を嘗《な》めながら古着屋の監視を続けた。

白山権現の鳥居に西日が差し始めた。

古着屋に動きはない。

さあて、どうするか……。

半兵衛は銚子の酒を飲み干し、思いを巡らせた。

下手な経が聞こえてきた。

聞き覚えのある声だった。

やがて、托鉢坊主が、経を読みながら蕎麦屋の表に現れた。

弥平次の手先を務める雲海坊だった。

半兵衛は、雲海坊にお布施を渡すように店の小女に頼んだ。

小女は雲海坊にお布施を渡し、店内の半兵衛を示した。雲海坊は縄暖簾《なわのれん》を潜り、店内を覗いた。

「やあ……」

半兵衛は手をあげた。

「南無大師遍照金剛《なむだいしへんじようこんごう》……」

雲海坊は片手拝みに挨拶をし、店内に入って来た。

「良く来てくれたな」

「いいえ。古着屋を目当てに来ましてね。その周りの何処かに旦那がおいでになる」

「流石《さすが》に抜かりはないね」

半兵衛は、雲海坊の睨みを誉めた。

「おそれいります。お役に立てれば宜しいのですが」

雲海坊は小さく笑った。

「で、あの古着屋ですか……」

雲海坊は、斜向かいの古着屋を一瞥した。

「うん。五年前の罪を償って舞い戻って来たのかどうか……」

「五年前の時と店の場所は違いますが、おそらく一緒かも知れませんね」

雲海坊は、厳しい面持ちで告げた。

「ほう。どうしてそう思うんだい」

「五年前の古着屋も、店先に派手な柄の女物の着物を吊り下げていました」

半兵衛は古着屋を見た。

花柄の女物の着物が、店先で風に揺れていた。

「成る程……」

古着屋が五年前同様、武家の妻女に客を紹介する口利き屋だとしたら、御高祖頭巾の女が現れることは充分に考えられる。

「見張り場所を決めるか」

「旦那、その前に古着屋の親父の面《つら》、何とか確かめて来ますよ」

雲海坊は身軽に立ち上がり、下手な経を読みながら蕎麦屋を出て行った。

夕陽は沈み始め、白山権現の鳥居の影を長く伸ばしていた。


夕暮れ時、半次と鶴次郎は一軒の御家人の屋敷の表にいた。

「ここか……」

半次は鶴次郎を振り向いた。

「ああ。八十俵取りの御家人、土屋左内さま。無外流《むがいりゅう》免許皆伝の使い手。家族は奥方さま一人で、子供や隠居、奉公人なしだ」

鶴次郎は油断なく辺りを窺い、土屋屋敷の板塀の隙間を覗いた。だが、隙間の向こうに見えたのは庭木と暗い玄関だけだった。

「どうする……」

半次は空を見上げた。

空は薄暗くなり、白っぽい月がいつの間にか浮かんでいた。

これから、周辺に聞き込みを掛けても中途半端になる。そして、その中途半端さが、聞き込みをした事実を洩らし、思いもよらぬ成り行きを招く恐れがある。

「後は明日にするか……」

半次と鶴次郎は、腹ごしらえをしに白山権現門前町に向かった。


野菜売りの百姓たちも帰り、門前町の店は居酒屋や小料理屋を除いて暖簾を仕舞った。

古着屋の親父は、店先に吊るした派手な着物を片付け始めた。

口利き屋の定五郎《さだごろう》……。

雲海坊は、物陰の暗がりから古着屋の親父の顔を確かめた。

古着屋の親父は、五年前にお縄になった口利き屋の定五郎だった。

捕らえられた定五郎は、重追放の刑となって江戸を追い出されていた。その時、定五郎は左腕に三分二筋の入墨《いれずみ》をされた。

定五郎は店先の着物を片付け、古着屋の親父らしからぬ鋭い眼で辺りを見廻して大戸を閉めた。

定五郎の野郎、江戸に潜り込んでいやがった……。

雲海坊は蕎麦屋に戻ろうとした。

「雲海坊じゃあないか……」

武家屋敷街の方から、半次と鶴次郎がやって来た。

「こりゃあ半次の親分。鶴次郎の兄い……」

「こんなところで何をしてんだい」

半次が尋ねた。

「親分、そこの蕎麦屋に知らん顔の旦那がおみえになっていますぜ」

「旦那が……」

「ええ……」

雲海坊は、半次と鶴次郎を蕎麦屋に案内した。

行燈《あんどん》の灯りは、小さく瞬いて落ち着いた。

蕎麦屋の二階の部屋は、格子窓から古着屋の表が見下ろせた。

半兵衛は、雲海坊から古着屋の親父の正体を聞いた。

御高祖頭巾の武家の妻女は、古着屋に必ず現れる。

半兵衛は、蕎麦屋の主に頼んで二階の部屋を借りて見張り場にした。

「お待ちどおさま」

小女が銚子と蕎麦を運んできた。

「さあ、やってくれ」

半兵衛は茶を持って窓辺に行き、古着屋の見張りを始めた。

「それじゃあ、ご無礼して……」

半次と鶴次郎、そして雲海坊は、銚子一本の酒と蕎麦で腹ごしらえを始めた。

半兵衛は、半次と鶴次郎の探索情況を聞きながら古着屋を見張った。

古着屋は夜の闇に沈んでいた。

「それじゃあ旦那、あっしは定五郎のことを弥平次親分に報せて参ります」

雲海坊が銚子の酒を飲み干し、蕎麦を食べていた箸を置いた。

「うん。いろいろ助かったよ」

半兵衛は雲海坊を労《ねぎら》った。

「いえ。それじゃあ半次の親分、兄い……」

雲海坊は、半次と鶴次郎に挨拶をして階段を降りて行った。

「袈裟懸けの一太刀、剣の使い手。それに夜更けに自由に出歩ける妻女か」

「はい……」

「良いところに眼を付けたな」

半兵衛は誉めた。

「それで、誰か浮かんだかい」

「そいつがまだでしてね。明日は土屋左内って御家人から調べようと思っています」

「御家人の土屋左内……」

「はい。八十俵取りの小普請組で無外流の免許皆伝。家族は奥方さま一人……」

半次は告げた。

「残る相手は、土屋さまの他に後三人。都合四人でして、何とか目鼻がつくといいんですが」

鶴次郎は吐息を洩らした。

「きっといるよ」

御高祖頭巾の武家の妻女と剣の使い手は、必ずその四人の中に潜んでいる。

半兵衛は励ました。

「じゃあ旦那、あっしは古着屋の周りをちょいと見廻ってきます」

半次は腰をあげた。そして、鶴次郎が半兵衛と見張りを交代した。


戌の刻五つになった。

古着屋の路地の闇が揺れ、定五郎が現れた。

「旦那……」

鶴次郎は身を潜め、半兵衛を呼んだ。

定五郎は、夜の闇を油断なく見定めて足早に古着屋を離れた。

半次が続いて路地から現れ、蕎麦屋の二階を一瞥して追った。

「どうします」

「私たちも行ってみよう」

半兵衛と鶴次郎は、蕎麦屋の二階を降りた。

半次の後ろ姿が一方に見えた。

半兵衛と鶴次郎は、足音を忍ばせて追った。

四

白山権現門前町は、飲み屋の赤提灯が所々で揺れていた。

定五郎は慣れた足取りで進み、一軒の居酒屋に入った。

半次は暗がりに潜み、店内の様子を窺った。

店内に客は僅かだった。

半兵衛と鶴次郎がやって来た。

「定五郎、何をしている」

「さあ、ちょいとここからでは……」

半次は首を捻った。

「よし。鶴次郎、店に入ってくれ」

「承知……」

鶴次郎は濃紺の半纏を脱ぎ、裏を返して着直した。半纏の背中に、緋牡丹の絵柄が夜目にも鮮やかに浮かんだ。

「じゃあ……」

鶴次郎は遊び人を装い、半兵衛に渡された金を懐に入れて居酒屋の暖簾を潜った。
半兵衛と半次は暗がりに潜み、結果を待った。

居酒屋には数人の客がいた。
定五郎は、若い遊び人と酒を飲みながら話し込んでいた。
鶴次郎は女将に酒を頼み、定五郎に近い処に座った。
定五郎と若い遊び人は、酒を飲みながら囁きあっている。
親しい仲だ……。
鶴次郎はそう睨み、二人の会話を盗み聞こうと務めた。
〝明日の夜〟〝神田同朋町の袋物問屋の旦那〟などの言葉が断片的に聞こえた。
鶴次郎は聞き耳を立てた。だが、それ以上のことは聞き取れなかった。
定五郎と若い遊び人は、酒を飲みながら小声で喋り続けた。
小半刻（三十分）が過ぎた。
潮時だ……。
鶴次郎は酒代を払い、居酒屋を後にした。
「鶴次郎……」

半次が路地の暗がりから呼んだ。

鶴次郎は、路地の暗がりに入った。

「どうだい」

「はい。若い遊び人と落ち合い、こそこそと話していましてね。明日の夜だとか、神田同朋町の袋物問屋の旦那ってことぐらいしか聞き取れませんでした」

「明日の夜に神田同朋町の袋物問屋の旦那か……」

「旦那……」

半次が身を乗り出した。

「うん。おそらく武家の妻女と遊びたいって大店の旦那だろう」

「ええ。若い遊び人は、きっと注文取りだと思いますよ」

鶴次郎は頷いた。

居酒屋の腰高障子が開き、若い遊び人が女将の声に送られて出て来た。

「野郎です」

鶴次郎が囁いた。

若い遊び人は、夜の町を一方に進んだ。

「捕まえて吐かせますか」

半次が身構えた。

「いや。泳がせて明日何をするか見届ける」

「じゃあ……」

「うん。半次、定五郎は私たちが見張る。奴を追って正体を突き止めてくれ」

「合点です」

半次は若い遊び人を追った。

半兵衛と鶴次郎は、定五郎の見張りを続けた。


若い遊び人は、白山権現門前から追分に抜けて夜道を進み、湯島五丁目で切り通しに入り、湯島切通町の裏長屋に入った。

半次は見届けた。

「さあて、何さまやら……」

半次は、若い遊び人がもう出掛けないと見定め、自身番に向かった。

隅田川を行く船の櫓の音は、夜空に静かに響き渡っていた。

「定五郎に間違いないのか」

「へい」

雲海坊は頷いた。

「野郎、舞い戻っていやがったか……」

弥平次の眼が鋭く光った。

五年前、定五郎は口利き屋として弥平次に捕らえられ、重追放の刑で江戸から追い出されたのだ。

「で。どうやら以前同様、口利き屋をしているようです」

雲海坊は熱い茶を飲んだ。熱い茶は、五体の疲れを温かく溶かしてくれた。

「野郎、嘗めやがって……」

幸吉がいきり立った。

「どうします、親分」

「うむ。定五郎をお縄にするのは造作はないが、半兵衛の旦那の捕物の邪魔をすることになる。ここはしばらく様子を見るべきだろうな」

弥平次は決めた。

「じゃあ……」

「ああ。半兵衛の旦那のお手伝いをしながら、邪魔にならないように見張るんだ。いいな、幸吉」

「承知しました」

幸吉は頷き、定五郎を見張る手立てを考えた。

夜の静けさは、幾重にも重なり沈んでいった。

由利の肉体は淡く色づき、その喘《あえ》ぎは妖艶《ようえん》な香りを漂わせていた。

土屋左内は、由利が大店の主に抱かれる様子を想像し、己を奮い立たせていた。

妻を見知らぬ男に抱かれる屈辱は、嫉妬の炎となって燃え上がる。そして、妻を抱いた男を一太刀で斬り棄て、屈辱と嫉妬の果ての快感を得ていた。

土屋は由利の肉体を責めた。だが、土屋が快感に果てることはなかった。

由利は虚《むな》しかった。

妻は大店の主に抱かれて金を貰い、夫が己の快感を得るために斬る。

それが、十年連れ添った夫婦の無残な現実だった。

由利は罪悪感に苛《さいな》まれ、夜の深い闇に落ちていく。

湯島切通町甚兵衛《じんべえ》長屋住人梅吉《うめきち》。

それが、自身番を通して長屋の大家から聞いた若い遊び人の名前だった。

半次は木戸口に潜み、梅吉を見張った。


小石川白山権現門前町は、遅い朝を迎えていた。

鶴次郎は半兵衛を残し、御家人土屋左内の屋敷に向かった。

半兵衛は、蕎麦屋の二階から定五郎の古着屋を見張った。

定五郎が大戸を開け、古着を店先に吊るし始めた。

半兵衛は気が付いた。

古着屋の周りには、托鉢坊主の雲海坊、しゃぼん玉売りの由松、船頭の勇次が何気ない様子で張り込んでいた。

半兵衛は苦笑した。

「半兵衛の旦那。幸吉です」

板戸の向こうに幸吉の声がした。

「おう。入ってくれ」

「ご免なすって……」

幸吉が入って来て、敷居際に座った。

「お早うございます」

「やることが早いね」

「はい。弥平次が旦那の方の始末が付いたら、定五郎をすぐにお縄にしろと……」

「そうして貰うと、私も助かる」

半兵衛は笑った。

「ならば幸吉、ここを使うがいい」

「構わないので……」

「ああ。借り賃は払ってあるよ」

「畏《おそ》れ入ります。それから旦那、殺された和泉屋の主の伊三郎さんですが、湯島天神門前の料理屋で御高祖頭巾の女と逢っておりました」

「やはりな……」

「はい。御高祖頭巾の女ですが、町駕籠で小石川片町まで帰ったそうにございます」

何もかも、小間物屋『扇堂』の主・彦右衛門の時と同じだった。

幸吉は窓辺に寄り、斜向かい下にある古着屋を見下ろした。

定五郎が店先に着物を吊るし終え、辺りを鋭く見廻して店の奥に消えた。

「定五郎の野郎……」

幸吉は、着物の揺れている店先を睨みつけた。

定五郎は既にお縄になったも同然だった。

「幸吉、ちょいと出掛けて来る。ここを頼むよ」

「お任せ下さい」

半兵衛は幸吉を残し、武家屋敷街に向かった。


小石川片町武家屋敷街は、お役目に就いている者の出仕の時も過ぎ、人通りも途絶えていた。

半兵衛は土屋左内の屋敷に向かった。

百石以下の小旗本や御家人の屋敷は、二百坪前後の敷地に三十坪ほどで建っており、板塀で囲まれている。それは、三十俵二人扶持《ぶち》の町奉行所臨時廻り同心の半兵衛の組屋敷も同様である。

半兵衛は板塀沿いに進んだ。

空を切り裂く鋭い音が、板塀の向こうに短く響いていた。

刀の空を斬る音……。

半兵衛は、板塀の節穴を覗いた。

庭では、痩せた武士が真剣を振っていた。

痩せた武士は静かに腰を落とし、真剣を真っ向に斬り下げている。ゆったりと構えた上段から斬り下ろされる真剣は、閃光となって鋭い音を短く鳴らした。

かなりの使い手だ……。

半兵衛は見惚《みと》れ、感心した。

痩せた武士は、驕《おご》りや昂《たかぶ》りを窺わせずに真剣を斬り下ろし続けた。

「旦那……」

鶴次郎が現れ、近寄って来た。

半兵衛は板塀から離れた。

「どなたさまのお屋敷だい」

半兵衛は、痩せた武士の家を示した。

「例の土屋左内さまのお屋敷ですよ」

「じゃあ……」

真剣を斬り下ろす痩せた武士は、無外流を遣う土屋左内だった。

「土屋左内、噂どおりかなりの使い手だよ」

半兵衛は眉を顰めた。

「でしたら袈裟懸けの一太刀で……」

鶴次郎は緊張を浮かべた。

「うん。充分過ぎるほどの腕だよ」

土屋左内の剣は、袈裟懸けの一太刀で人を死に追いやるのに造作はない。

半兵衛はそう判断した。

「で、奥方はどんな人だい」

「さっき、ちらりと見ましたが、なかなかの美形ですよ」

「そうか。で、疑わしいところはあるのかい」

「今のところはまだ。それで旦那、次のお屋敷に行きたいのですが、土屋さまをお願いできますか」

「いいとも。行ってきな」

半兵衛は気軽に応じた。

「じゃあ……」

鶴次郎は、会釈をして身を翻《ひるがえ》した。

土屋の屋敷の庭から、真剣を斬り下ろす鋭く短い音は消えていた。

半兵衛は、土屋屋敷の表に向かった。


湯島天神切通町甚兵衛長屋は、おかみさんたちの朝の仕事も終わり、静かな時を迎えていた。

奥の家の戸が開き、遊び人の梅吉が欠伸《あくび》をしながら現れた。

梅吉は井戸端で顔を洗って口を漱《すす》ぎ、甚兵衛長屋を出た。

ようやく動きやがった……。

半次は尾行を開始した。

梅吉は切通しから女坂をあがり、湯島天神境内に入った。

湯島天神境内は、参詣客が行き交っていた。

梅吉は境内の茶店を訪れ、縁台に腰掛けて名物の甘酒を飲み始めた。

のんびりしやがって……。

半次は苛立った。

四半刻が過ぎた。

梅吉は、茶店女をからかいながら尚も茶店にいた。

誰かが来るのを待っている……。

半次はそう思った。

縁台にいる梅吉の隣には、様々な参詣客が腰掛けて茶や甘酒を飲んでは立ち去っていく。

梅吉は、既に誰かと繋ぎを取ったのか……。

半次は少なからず慌て、うろたえた。

その時、大店の旦那風の男が、梅吉の隣に腰掛けて茶を頼んだ。

半次が見ていた限り、旦那風の初老の男は参拝をせずに梅吉の隣に腰掛けた。

待っていた相手だ……。

半次は緊張した。

梅吉と初老の旦那風の男は、何事かを囁き合った。そして、旦那風の男は、小さな四角い紙包みを梅吉に渡して腰掛けを立った。

梅吉は四角い紙包みを懐に入れ、帰って行く旦那風の男を見送った。

半次は迷った。

梅吉を見張り続けるか、それとも初老の旦那風の男を追って身許を突き止めるか。
梅吉の身許と家は割れている。
半次は迷った挙句、初老の旦那風の男を追った。
初老の旦那風の男は、軽い足取りで湯島天神を後にして明神下の通りに出た。
そして、神田同朋町にある袋物問屋『丸屋《まるや》』の暖簾を潜った。
「お帰りなさいませ」
手代や丁稚たちの迎える声が、店の外まで聞こえた。
初老の旦那風の男は、袋物問屋『丸屋』の主なのだ。
袋物問屋『丸屋』の主は、梅吉とどのような関わりなのだ。
半次は思いを巡らせた。
口利き屋の定五郎と梅吉。そして、梅吉と袋物問屋『丸屋』の主……。
袋物問屋『丸屋』の主は、口利き屋定五郎の客なのだ。
半次は、袋物問屋『丸屋』の主を見張ることにした。
土屋屋敷の木戸門が開き、女が出て来た。
女は土屋左門の妻・由利に違いなかった。

由利は、落ち着いた足取りで白山権現に向かった。
半兵衛は追った。
白山権現門前には百姓たちの露店が連なり、野菜や藁細工《わらざいく》などを売っている。
由利は露店で野菜を買い、門前町の店を覗き始めた。
半兵衛は、由利の動きを見守った。
由利は、次第に定五郎の古着屋に近づいていった。
古着屋の店先では、吊るされた花柄の着物が揺れていた。
由利は、揺れる着物を見上げた。
半兵衛は物陰から見守った。
幸吉、雲海坊、由松、勇次たちも何処かから由利を見ている筈だ。
定五郎が古着屋の奥から現れ、派手な着物を見上げて由利に何事かを話し始めた。
由利は派手な着物を見上げたまま定五郎の話を聞き、時折頷いた。
由利と定五郎が繋がった。
大店の主たちと密会している御高祖頭巾の女は、由利なのかも知れない……。
半兵衛がそう思った時、定五郎は由利に四角い紙包みを素早く渡した。

由利は四角い紙包みを胸元に入れ、定五郎に微笑みかけて踵《きびす》を返した。

定五郎は、薄笑いを浮かべて見送った。

四角い紙包みは小判……。

土屋由利が御高祖頭巾の女なのだ。

半兵衛は確信した。

「旦那……」

背後に雲海坊が現れた。

「やあ……」

「由松と勇次が追いました」

しゃぼん玉売りの由松と船頭の勇次が、既に由利の後を追っていた。

「そうか……」

「どなたですかい」

「土屋左内って御家人のご妻女だよ」

「じゃあ、大店の旦那殺しの……」

雲海坊は身を乗り出した。

「うん。かもしれない……」

半兵衛は言葉を濁した。

定五郎は古着屋の奥に入り、代わって若い遊び人の梅吉が出て行った。

「誰だい」

「四半刻前に来た奴でしてね。何処のどいつか調べてみます」

雲海坊は蕎麦屋の二階の窓を一瞥し、梅吉を足早に追って行った。

半兵衛は、蕎麦屋の二階に戻った。

幸吉が古着屋を見張っていた。

「ご苦労さまです」

幸吉は茶を淹れ、半兵衛に差し出した。

「お武家さまのご新造、御高祖頭巾の女ですか……」

幸吉は鋭い睨みをみせた。

「うん、きっとね」

半兵衛は、浮かない顔で茶を啜った。

由利は屋敷に戻り、梅吉は岡場所の女郎屋にあがった。そして、定五郎は古着屋の奥に入ったままだった。

神田同朋町の袋物問屋『丸屋』の主は、富次郎《とみじろう》という名だった。

半次は、富次郎の人となりと身辺を調べた。

富次郎は女好きだった。それも素人女を好んだ。

半次は気が付いた。

富次郎は、定五郎の口利きで武家の妻女を買おうとしている。

半次は、富次郎に張り付いた。


三枚の一両小判は、鈍い輝きを放っていた。

三両で身体を売る……。

由利は小判を鏡台の抽斗《ひきだし》に仕舞い、唇に鮮やかな紅をひいた。

「客がついたか……」

左内は背後に座った。

由利は、鏡に映った左内に頷いた。

「何処の誰だ」

「神田同朋町の袋物問屋丸屋の主富次郎……」

由利の紅をひかれたばかりの唇が、静かに告げた。

「そうか、神田同朋町の袋物問屋丸屋の富次郎か……」

左内は嬉しげに呟いた。

「はい」

「よし……」

左内は鏡に笑みを残し、次の間にふらりと立ち去った。

疫病神……。

不意に由利の脳裏に浮かんだ。

〝疫病神〟は、由利にとっての左内なのか、左内にとっての由利なのか……。

由利は化粧を続けた。不意に涙が溢れ、頬を伝い落ちた。


暮六つの鐘が鳴った。

神田同朋町の袋物問屋『丸屋』の主・富次郎は、女房や番頭たち奉公人に見送られて寄り合いに出掛けた。

物陰から半次が現れ、富次郎の後を追った。

富次郎は、弾んだ足取りで明神下の通りを不忍池に向かった。

池之端の料亭で落ち合う……。

半次はそう睨み、追った。


日は暮れた。

土屋屋敷から由利が現れ、出掛けて行った。

物陰に潜んでいた由松と勇次が、由利の尾行を開始した。

由利は、小石川片町を出て御高祖頭巾を被った。そして、菊坂を抜けて不忍池に急いだ。

由松と勇次は、慎重に由利を尾行した。

半兵衛は戻って来た鶴次郎を従え、土屋屋敷を見張り続けた。

土屋左内は動く……。

半兵衛はそう信じ、土屋屋敷を見張り続けていた。

御高祖頭巾を被った由利は、池之端の料亭『井筒《いづつ》』に入った。

由松と勇次は見届けた。

「由松に勇次じゃあないか」

暗がりから半次が現れた。

「半次の親分……」

半次は、袋物問屋『丸屋』の富次郎を追って来ていた。富次郎は、既に『井筒』に入っている。

「御高祖頭巾の女、何処の誰だい」

「土屋左内さまの奥方さまですよ」

「やっぱりな……」

「で、半次の親分は……」

半次は遊び人の梅吉を追い、袋物問屋『丸屋』の主の富次郎が浮かんだことを告げた。

「じゃあ……」

「ああ。丸屋の富次郎は、古着屋の定五郎の口利きで土屋の奥方を買ったんだぜ」

半次は由松と勇次に事の仕組みを教え、半兵衛への使いを頼んだ。

土屋屋敷は闇に包まれていた。

半兵衛と鶴次郎は、暗がりに潜んで土屋左内の動くのを待った。

往来に人影が浮かんだ。

人影はゆっくりと近付き、月の明かりに身を晒《さら》した。

船頭の勇次だった。

「勇次……」

鶴次郎が、暗がりから囁いた。

勇次は半兵衛と鶴次郎に気付き、暗がりに入って来た。

「旦那、鶴次郎さん」

勇次は目礼をし、乱れた息を整えた。池之端から駆け通し、小石川片町の武家屋敷街に入ってから不審を招かないように歩いて来たのだ。

「どうした」

「半次の親分からの伝言です。客は神田同朋町袋物問屋丸屋の主・富次郎」

由利を買った客は、神田同朋町の袋物問屋『丸屋』の主・富次郎……。

「旦那……」

「うん……」

土屋左内は、『丸屋』富次郎が店に戻るのを待ち伏せして斬る。

半兵衛は吐息を洩らした。

刀身は、異様なまでの青白い輝きを放っている。

「袋物問屋丸屋の富次郎……」

左内は嬉しげな笑みを浮かべ、血走った眼で嘗めるように刀身を見詰めた。

刀身の青白い輝きは、左内の顔を飲み込んだ。

刹那《せつな》、左内は刀を一閃した。

鋭い音が短く鳴り、燭台の灯りが揺れて消えた。

土屋屋敷の木戸門が開いた。

半兵衛は暗がりに身を潜めた。鶴次郎と勇次が続き、息を殺した。

土屋左内が現れ、鋭く辺りを窺って歩き出した。

「旦那……」

鶴次郎が半兵衛を窺った。

「土屋左内はかなりの剣の使い手。下手な尾行は、すぐに感づかれる」

「はい……」

鶴次郎が頷き、勇次は喉を鳴らした。

「行き先は神田同朋町袋物問屋の丸屋だ。焦らずに行くよ」

半兵衛は、鶴次郎と勇次を従えて土屋左内を追った。


行燈の小さな灯りは、仄《ほの》かに辺りを浮かべていた。

由利は、酒に火照《ほて》った身体を富次郎に預け、左内を思い浮かべていた。

左内は嬉しげな笑みを浮かべ、夜の暗がりをやって来る。

哀しさと虚しさが、由利を突き上げた。

いつから、どうしてこうなったのか……。

由利は覚えていなかった。

ただ、夫の左内を喜ばせ、満足させたい一心だった。気付いた時には、由利は見知らぬ客に抱かれていた。

疫病神……。

由利の脳裏に、夫・左内の顔が浮かんで消えた。

今更、引き返すことは出来ない……。

由利は何もかも忘れるように富次郎に挑み、喜悦の淵に落ちていく。

一刻半が過ぎた。

半次と由松は、料亭『井筒』の見張りを続けた。

料亭の下足番が、二丁の辻駕籠を呼んできた。

御高祖頭巾を被った由利が、仲居に見送られて出て来て辻駕籠に乗った。

「どうします」

「おそらく屋敷に戻るのだろうが、追ってみてくれ」

「合点だ」

由松は、由利の乗った辻駕籠を追った。

半次は引き続き、『丸屋』富次郎の帰りを待った。

やがて『丸屋』富次郎が現れ、待っていた辻駕籠に乗った。

「神田同朋町にやっておくれ」

富次郎の声は、店の前で待ち構えている凶剣を知る由もなく、由利を抱いた満足感に溢れていた。

辻駕籠は富次郎を乗せ、威勢良く神田同朋町に向かった。

半次は追った。

明神下の往来に人通りは途絶え、神田同朋町は寝静まっていた。

大戸を閉めた袋物問屋『丸屋』からは、主の帰りを待つ微かな明かりだけが洩れていた。

駕籠舁きの息遣いが聞こえ、夜道を辻駕籠がやって来た。

辻駕籠は『丸屋』の前に停まり、客の富次郎を降ろした。

富次郎は駕籠舁きに酒手をはずみ、辻駕籠を帰した。

そして、女遊びの残滓《ざんし》が身に残っていないかを確かめ、『丸屋』の潜り戸に近付いた。

「丸屋富次郎か……」

暗がりから土屋左内が呼んだ。

富次郎は、怪訝な面持ちで振り向いた。

土屋左内が現れ、富次郎に一気に迫って刀を抜いた。

刹那、半兵衛が二人の間に飛び込み、居合い抜きの一撃を放った。

甲高い金属音が夜空に響き、火花と共に焦げ臭い匂いが過ぎった。

半兵衛と左内は、素早く刀を構えて対峙《たいじ》した。

勇次が、呆然と立ち竦んでいる富次郎をその場から連れ出した。

「その方……」

左内は怒りを浮かべた。

「土屋左内さんだね」

半兵衛は微笑み掛けた。

左内は名を云われ、激しくうろたえた。

「私は北町奉行所臨時廻り同心白縫半兵衛。扇堂の彦右衛門、和泉屋の伊三郎を殺《あや》めたのはお前さんだね」

左内は後退りをし、背後に逃走路を探った。

背後には半次と鶴次郎がいた。

「逃げても無駄だよ」

半兵衛は告げた。

左内は顔を歪めた。歪んだ顔は、絶望に泣いたのか、諦めて笑ったのか分からなかった。

半兵衛は戸惑った。

次の瞬間、左内は刀を上段に構え、必殺の袈裟斬りを放った。

同時に、半兵衛の刀が瞬いた。

半円の閃きと鋭い輝きが交錯した。

半次と鶴次郎、そして勇次は息を止めて見守った。

僅かな時が流れ、左内が苦しげに顔を歪め、棒のように倒れた。

土埃が、夜目にも鮮やかに舞い上がった。

土屋左内は、心の臓を一突きにされて絶命していた。そして、半兵衛は着物の胸元を鋭く斬り裂かれていた。

「大丈夫ですか、旦那」

「うん」

町奉行所の役人は、下手人を生かして捕らえるのが役目だが、半兵衛は敢えて左内の命を取った。

半兵衛は大きく吐息を洩らし、帰って来ない夫を待つ由利に思いを馳せた。

翌朝、弥平次は幸吉たちを率い、口利き屋の定五郎をお縄にした。そして、雲海坊と由松は、遊び人の梅吉を女郎屋で捕まえた。

大店の旦那殺しは、次第に終息に向かっていた。

土屋家は取り潰しになり、断絶した。

由利は、貯めた金と僅かな荷物を持って屋敷を出た。

半兵衛と半次は、去って行く由利を見送った。

「いいんですか、旦那……」

半次は眉を顰めた。

「半次、大店の旦那たちを殺めたのは、土屋左内で由利じゃあないよ」

「そりゃあそうですが、弥平次親分がお縄にした定五郎が何もかも喋れば……」

由利の所業は、白日の下に晒される。

「半次、お調べは秋山さまだよ」

南町奉行所与力秋山久蔵は、定五郎の証言を無視するに決まっている。

半兵衛はそう信じていた。

世の中には、私たちが知らん顔をした方が良い事がある。

由利がこれから何をし、どのような生涯を送るか分からない。だが、その後ろ姿は、まるで疫病神でも背負っているかのように疲れ果て、幸せを感じさせはしなかった。
半兵衛は踵を返した。

第三話　通《かよ》い妻

一

日本橋から京橋に下り、尚も進むと銀座町があった。

銀座町は、幕府の銀貨鋳造所があったところから付けられた名である。その銀座二丁目の角に打物屋『堺屋《さかいや》』があった。

『堺屋』は、包丁を専門に扱う〝打物屋〟であった。

包丁には、料理に使う〝刺身包丁〟〝菜切包丁〟〝出刃包丁〟などの他に、〝畳包丁〟〝煙草《たばこ》包丁〟〝蕎麦《そば》包丁〟〝紙裁包丁〟など様々なものがある。

打物屋『堺屋』は、上方堺の出の初代によって暖簾《のれん》を掲げられた。そして今、四代続く老舗《しにせ》の大店になっていた。

四代目『堺屋』初五郎《はつごろう》は、商売熱心な四十半ばの男であり店は繁盛していた。

初五郎は、若旦那の時に貰った女房を病で亡くし、一回り以上年下のおふみという女を後添えに貰っていた。

貧乏御家人の娘だったおふみは、母を早くに亡くし、父親と弟の世話をしていて婚期を逃した。そして、初五郎に望まれて後添いになった。

如何《いか》に婚期を逃した女とはいえ、おふみが一回りも年上の初五郎の後添いになった理由は良く分からなかった。

初五郎には先妻との間に息子がおり、おふみは店のことには一切口出しせず、奥でひっそりと暮らしていた。


「旦那……」

廻り髪結の房吉が来た時、半兵衛は珍しく起きて台所にいた。

「房吉。蜆《しじみ》の味噌汁、美味《うま》く出来たよ」

半兵衛は汁杓子《しるじやくし》を手にし、台所から顔を出した。

「そいつはようござんした。ですが、残念ながら旦那の美味い味噌汁を味わっている暇はなさそうですよ」

「何かあったのかい」

「ええ。荒布橋に土左衛門《どざえもん》が引っ掛かりましてね。半次がお出ましを願っていますよ」

半兵衛が手札を渡している岡っ引の半次は、荒布橋に土左衛門があがったと聞き、逸早く駆け付けたのだ。そして、通り掛かった房吉に、半兵衛への報せを頼んだ。

「それはそれは……」

半兵衛は汁杓子を置いた。

荒布橋の架かる西堀留川は、江戸城外濠から続く日本橋川と合流して江戸湊《えどみなと》に流れ込んでいる。

土左衛門は、その荒布橋の橋脚に引っ掛かっていた。

駆け付けた半次は、自身番の番人たちと土左衛門を引き上げた。

半次はやって来た半兵衛を迎えた。

「朝早く、ご苦労様です」

「やあ……」

半兵衛は筵《むしろ》を捲《めく》って土左衛門を検めた。

土左衛門の後頭部に、川の水で洗われた傷があった。

「どうやら殴り殺されて、堀に放り込まれたようだね」

半兵衛はそう見立てた。

「ええ……」

「で、仏さん、何処《どこ》の誰か分かったのかい」

「はい。日本橋は室町の菊屋《きくや》という瀬戸物屋の文造《ぶんぞう》旦那だそうです」

土左衛門の身許は、自身番の番人が知っていた。

「ほう、室町の瀬戸物屋の旦那か……。で、金はどうなっている」

「この通り、無事です」

半次は、五枚の小判の入った財布を見せた。

「物盗りじゃあないか……」

「はい」

「この堀は小舟町《こぶなちょう》から伊勢町に続いているね」

「ええ。文造旦那が殴られて堀に放り込まれたのは、その辺りでしょうね」

「おそらくね」

「分かりました。堀沿いに見た者がいないか調べてみます」

「うん。私は仏さんの家族に、殺された心当たりがないか訊いてみるよ」

半兵衛と半次は、各々やるべきことを決めて別れた。

西堀留川は西岸に米河岸があり、東岸に小舟町が一丁目から三丁目まであった。

半次は、殺しの現場と目撃者を探し始めた。

半兵衛は、自身番の番人の運ぶ文造の死体に付き添って瀬戸物屋『菊屋』に向かった。

日本橋室町二丁目にある瀬戸物屋『菊屋』は、既に自身番からの報せを受けており、女房や番頭たち奉公人が涙ぐんで待っていた。

半兵衛は文造の遺体を渡し、帳場の隅で差し出された茶を啜《すす》った。

座敷から女房子供の泣き声があがり、奉公人たちに弔《とむら》いの指示をする番頭の声がした。

「お待たせ致しました」

番頭が、半兵衛の前にやって来た。

「この度はご造作をお掛け致しました」

「いやいや、いろいろ大変だね」

「はい……」

「ところで番頭。文造を殺《あや》めた者に心当たり、あるかな」

「心当たりなど、とんでもございません」

「ないか……」

「はい」

「じゃあ、文造を恨んでいた者はいなかったかい」

「旦那さまが恨まれていたなんて……」

番頭は首を横に振った。

「じゃあ、西堀留川には何しに行ったんだい」

「白縫さま、旦那さまは昨夜、浜町河岸の前原《まえはら》さまのお屋敷にお邪魔していたのでございます」

「浜町河岸の前原さま」

半兵衛は聞き返した。

「はい。千石取りのお旗本、前原頼母《たのも》さまにございます」

浜町河岸と日本橋室町の間には、西堀留川傍の小舟町一丁目がある。

「その前原さまのお屋敷に行っていたのかい」

「はい。前原さまのご隠居さまが、手前どもの主《あるじ》と碁仇《ごがたき》にございまして……」

昨夜、文造は前原家の隠居に呼ばれ、碁を打ちに浜町河岸の旗本屋敷に赴《おもむ》いた。そして、帰り道に、何者かに襲われて殺された。

半兵衛はそう睨《にら》んだ。

分からないのは、殺された理由だ。物盗りや恨みで殺されたのではないのは確かだ。

弔いの仕度で忙しい『菊屋』にこれ以上いても、新たな事実は浮かぶとは思えない。

何はともあれ、弔いを終えて落ち着いてからだ……。

半兵衛は、旗本前原家の隠居に逢いに行く事にして『菊屋』を出た。

「旦那……」

役者崩れの鶴次郎が、緋牡丹《ひぼたん》の絵柄の半纏《はんてん》を翻《ひるがえ》して駆け付けてきた。

「やあ……」

「遅くなってすみません」

「なあに、探索はこれからだ」

「で、どちらへ……」

「浜町河岸の旗本屋敷だ」

「じゃあ、お供します」

「うん……」

半兵衛は浜町河岸に行くまでの間に、文造殺しと今までに分かった事実を伝えた。

西堀留川には荒布橋の他、中の橋、道浄橋《どうじょうばし》、雲母橋《きらずばし》が架かっている。

半次は一帯に聞き込みを掛け、ようやく目撃者らしき薬の行商人に出逢った。

行商人は得意先で酒を振舞われて遅くなり、家のある小舟町一丁目に帰る途中だった。

血相を変えた女が、中の橋を走り去るのを見掛けたのだ。

「血相を変えた女……」

「へい。一丁目から中の橋を渡って荒布橋の方に……」

女は文造殺しの現場を目撃し、恐怖に顔色を変えて逃げたのかもしれない。

「どんな女でした」

「どんな女って、ありゃあ確か源助《げんすけ》長屋に住んでいる人でしたよ」

「源助長屋……」

「へい。一丁目にある長屋です」

「女、そこの住人に間違いないんだね」

半次は念を押した。

「ええ、前に行商に行った時、源助長屋で見掛けたことがありまして……。でも、何分《なにぶん》にも夜だったし、走って行ったもので……」

薬の行商人は、念を押されて自信を失いかけた。

半次は焦った。

「で、その女の名前、知っているかい」

「さあ、そこまでは……」

行商人は申し訳なさそうに頭を下げた。

「じゃあ、幾つぐらいなんだい」

「確か三十ぐらいだと思いますが……」

行商人は眼を泳がせた。既に自信は揺らいでいる。

源助長屋に行くのが一番だ……。

半次は薬の行商人を解放し、一丁目の源助長屋に急いだ。

源助長屋は、小舟町一丁目と堀江町一丁目の町境にあった。

半次は源助長屋の大家を訪れ、三十歳ぐらいの女の住人の存在を尋ねた。

「三十歳ぐらいのおかみさんかい」

「はい……」

「三人ほどいるけど、夜中に出掛けるようなおかみさんはいやしないよ」

薬の行商人が、源助長屋で見掛けた女と出逢ったのは、あと半刻（一時間）で町木戸の閉まる戌《いぬ》の刻五つ半（九時）を過ぎた頃だった。

普通の町方の女の出掛ける時刻には遅すぎる。

「それに親分。三人の内の誰かが見たなら、今まで黙っている筈はないよ」

大家は苦笑した。

「そうですか……」

薬の行商人は、見間違ったのかも知れない。

半次は、少なからず落胆する自分を励ました。

「大家さん、一応確かめてみたいので、三人の名前と亭主の仕事を教えちゃあくれませんか」

半次は大家に頼んだ。

源助長屋は、五坪ほどの家が五軒ずつ下水を挟んで向かい合っていた。都合十軒の家に十世帯が暮らしている源助長屋は、中ほどに井戸、木戸の傍に二つの厠《かわや》があった。

半次は、大家に教えて貰った三人のおかみさんを調べた。だが、三人とも幼い子を抱え、朝の早い職人の亭主を持っており、夜中に出掛けるのは無理だと思われた。

だが、何か突発的な出来事が起こり、出掛けたのかも知れない。

半次は、三人のおかみさんに探りを入れた。

三人のおかみさんたちは、昨夜遅く出掛けた事を賑やかに笑って否定した。

「この長屋で三十歳ぐらいのおかみさんは私たちだけで、後は二十歳そこそこか四十歳過ぎばかり。何かの間違いじゃあないの」

「そうか……」

「でもさ、ひょっとしたら村上《むらかみ》の旦那の通い妻かもしれないよ」

「通い妻……」

おかみさんたちは、意外なことを云い始めた。

半次は戸惑った。

「通い妻ってなんだい」

三人のおかみさんは、戸惑い顔の半次を賑やかに笑った。

「それがさ、親分。木戸口の家……」

おかみさんの一人が、木戸の傍の家を見て小声になった。

「浪人さんと小さな女の子が住んでいるんだけどね。五日に一度ぐらい、女が来ているんだよ」

「女が来ている……」

「ええ。女の子の世話をしたり、溜《た》まった洗濯物を洗ったり、掃除をしたり……」

「その女が、私たちと同じ三十歳ぐらいなんですよ」

「親類の者だと云っているけど、本当かどうか……」

三人のおかみさんは、顔を見合わせて含み笑いを洩らした。

「名前は」

「さあ……」

「じゃあ、浪人さんは……」

「村上さん、名前は確か又四郎《またしろう》っていったかな」

村上又四郎……。

半次は呟いた。

「そういえば女の人、昨日も来ていたね」

「昨日……」

半次は緊張した。

「ええ。昼過ぎに洗濯をしていたよ」

「それで、夜遅く帰ったのかい」

半次は意気込んだ。

「さあ、見張っている訳じゃあないし、いつ帰ったかなんて知らないよ」

突然、赤ん坊の泣き声が響いた。

「わっ。目を覚ましたよ」

おかみさんの一人が、赤ん坊の泣き声のあがった家に慌てて駆け込んだ。それを潮にして、おかみさんたちへの聞き込みは終わった。

通い妻……。

半次は、初めて手ごたえを感じた。

人形町を抜けると浜町堀になる。

浜町堀に架かる栄橋を渡ると、浜町と呼ばれる一帯となり、大名や旗本の屋敷が甍《いらか》を連ねていた。

旗本一千石前原頼母の屋敷は、浜町河岸を東に入った処にあった。

前原頼母は書院番組頭の役目に就いており、父親の隠居は喜翁《きおう》と名乗っていた。

半兵衛は、取次ぎの家来に『菊屋』文造の死を告げ、隠居の喜翁に面会を求めた。

隠居の喜翁は、半兵衛と鶴次郎を離れ座敷の庭先に通した。

鶴次郎は、落ち着かない様子で半兵衛の後に続いた。

旗本が支配違いの町奉行所役人に逢うことなど滅多にない。だが、隠居ともなると気軽なものなのだ。

前原家の隠居喜翁は、白髪頭を傾けて棋譜《きふ》を見ながら碁石を置いていた。

「北町奉行所臨時廻り同心の白縫半兵衛どのと、配下の鶴次郎なる者にございます」

家来は、喜翁に半兵衛と鶴次郎を紹介した。

「白縫とやら、菊屋文造が殺されたとはまことか」

鶴のように痩せた喜翁が、薄暗い座敷から濡れ縁に出て来た。白髪頭の下の顔は、僅かに強張っていた。

「はい。昨夜、西堀留川の辺りで……」

「左様か……」

「それで喜翁さま。昨夜、文造は喜翁さまの許を訪れ、囲碁を打って帰ったとか……」

「うむ。未《ひつじ》の刻八つ（午後二時）に訪れ、戌の刻五つ半頃に帰った」

「そうですか……」

「うむ。それで文造は、どのようにして殺されたのだ」

「頭の後ろを激しく殴られ、西堀留川の荒布橋に土左衛門としてあがりました」

「して、下手人《げしゅにん》の目星はついたのか」

「いいえ、まだにございます」

「左様か……」

喜翁は白髪眉を顰《ひそ》め、喉仏を大きく上下させた。

「それで喜翁さま、文造は誰かに恨まれているとか狙われているとか、申しておりませんでしたか」

「聞いてはおらぬ……」

「では、怯えていたとか、何か変わった様子はございませんでしたか」

「別に気付かなかったな」

「左様ですか……」

『菊屋』文造は、戌の刻五つ半頃に前原屋敷を出て室町の店に帰った。

喜翁との面会に得るものは少なかった。

半兵衛と鶴次郎は、喜翁に礼を述べて前原屋敷を後にした。


半兵衛と鶴次郎は、夕陽を左手に受けて浜町河岸を進んだ。

「どう思う」

「ご隠居さまですか」

「うん」

「痩せていて白髪頭。見ましたか、あの筋張った首と喉仏。頑固で相当な意地っ張りですよ。ありゃあ」

鶴次郎は、恐ろしそうに首を竦《すく》めた。

半兵衛は苦笑した。

「旦那はどう見ました」

「ま。鶴次郎と同じようなものだ」

浜町堀の流れは、夕陽を受けて赤く煌《きら》めいていた。

日本橋室町の瀬戸物屋『菊屋』は、主・文造の弔いに暗く沈んでいた。

半兵衛と鶴次郎は、女房や奉公人、そして弔問客《ちょうもんきゃく》に聞き込みを掛けた。だが、新たな事実は何一つ浮かばなかった。

文造の弔いは続いた。

囲炉裏《いろり》に掛けられた鍋からようやく湯気があがってきた。

「さあ、もういいだろう」

半兵衛は鍋の蓋を取った。

大根や白菜などの野菜と魚の切り身が、だし汁と味噌で煮込まれていた。

「さあ、食おう」

半兵衛は煮込みを食べながら、湯呑茶碗の酒を飲んだ。

半次と鶴次郎が続いた。

三人は酒を飲み、煮込みで空腹を落ち着かせた。

「通い妻ねえ……」

半兵衛は呟き、湯呑茶碗の酒を飲んだ。

「はい。その女が文造殺しを見たかも知れません」

半次は、椀に残った煮込みの汁を啜った。

「それで半次、その浪人さん……」

鶴次郎が身を乗り出した。

「村上又四郎さんだよ」

「村上さんに聞いてみたのかい」

「いや。焦って下手を踏んじゃあいけねえと思ってな。まだだよ」

「半次。その通い妻、いつ頃から村上さんの処に来ているんだい」

「二年前頃から、いつの間にか来ていたそうですよ」

「二年前か……」

「いつの間にかって、長屋の連中にきちんと挨拶しちゃあいないのかい」

「ああ。何しろ相手は浪人。長屋の連中とも付き合いはないそうだぜ」

村上又四郎は、五日おきに来る女の事を出来るだけ内緒にしたがっている。

町奉行所に関わる者が、下手に近付くとどうなるのか分からない。

半兵衛はそう睨んだ。

半次が、村上又四郎に接触しなかったのは正しかったのかも知れない。

半兵衛は、〝通い妻〟と陰で囁《ささや》かれている女に逢いたくなった。

「半次、その女、五日に一度、いつの間にか長屋に来て、掃除や洗濯をして帰るんだな」

「はい」

「って事は、昨日長屋に来たから四日後に又、来るんだな」

「ええ。そうなりますね」

半兵衛は思いを巡らせた。

「どうします」

「よし。女が来る四日後まで村上を見張ろう」

半兵衛は決めた。

「じゃあ、あっしが……」

鶴次郎が手をあげた。

「うん。半次、お前は面が割れている。ここは鶴次郎に任せよう」

「はい。で、あっしたちは……」

「もう一度、文造の身辺を洗ってみよう」

「承知しました」

半兵衛は、半次と鶴次郎の湯呑茶碗に酒を満たしてやった。

「おそれいります」

半次と鶴次郎は声を揃えた。

「よし。じゃあ鍋に冷や飯を入れるか……」

半兵衛は、煮込みを雑炊《ぞうすい》にしようと提案した。

「じゃあ、飯を持って来ます」

半次が身軽に冷や飯を取りに行き、鶴次郎は半兵衛の湯呑茶碗に酒を注いだ。

八丁堀北島町の夜は更けていく。

二

日本橋室町の瀬戸物屋『菊屋』は、暖簾を下ろして喪に服していた。

半兵衛と半次は、文造の女房に聞き込みを掛けた。

文造の女房は、弔いも終えて落ち着きを取り戻していた。だが、亭主を殺した者は勿論《もちろん》、殺された理由も思い当たらなかった。

「好きな碁を楽しんだ帰りだったのが、せめてもの慰めだね」

半兵衛は文造を思いやった。

「それはそうですが、白縫さま。何分にも相手が相手ですので、楽しんだかどうか……」

女房は眉を曇らせた。

「どういうことだい」

半兵衛は、怪訝《けげん》な眼差しを向けた。

「白縫さま、前原さまはお店のご贔屓《ひいき》さまでございまして、旦那さまもご隠居さまにはそりゃあもうお気を遣いまして……」

番頭は言葉を濁した。

「文造、御隠居の喜翁にわざと負けたりしてやっていたのかな」

半兵衛は尋ねた。

「まあ、わざととは申しませんが、ご隠居さまは気難しいお方でございまして……」

文造は前原家の隠居に気を遣い、碁を負けてやったりしていたのだ。

「じゃあ文造にしてみれば、それほど楽しい碁だったとは云えないか……」

「ですが、何分にもご贔屓さまでございますので……」

「ご隠居の喜翁さまか……」

半兵衛の脳裏に、筋張った首筋と喉仏の痩せた老人の姿が浮かんだ。

源助長屋には空き家があった。

鶴次郎は芝居小屋の関係者を装い、空き家を借りた。

借りた家から村上又四郎の家が見通せた。

鶴次郎は戸口に陣取り、村上の家の見張りを始めた。

村上又四郎は三十歳半ばの浪人であり、五歳ほどの娘と二人で暮らしていた。

村上は右脚が悪いらしく、大きく引きずっていた。そして、時々訪れるお店者は、日本橋にある櫛問屋の手代だった。

村上又四郎は、黄楊《つげ》の櫛を作って娘と二人の暮らしの糧《かて》を得ていた。

村上の作る黄楊の櫛は評判が良いらしく、櫛問屋の手代は材料を届けては出来た櫛を持って帰っている。

村上の家からは、時々幼い女の子の楽しげな笑い声が聞こえた。

脚の悪い浪人の父親と幼い娘……。

二人は淋しくても仲良く暮らしている。

鶴次郎はそう思った。


数日が過ぎた。

半兵衛たちの探索は進まず、『菊屋』文造を殺した下手人は浮かばなかった。

そして、村上家に〝通い妻〟がやって来る日が明日に迫った。

半兵衛と半次は、鶴次郎の借りた家で手筈を打ち合わせた。


〝通い妻〟と囁かれる女は、その日の昼下がりに村上の家にやって来た。

女は三十歳を過ぎたばかりで、地味で質素な姿をしていた。

女は、瀬戸物屋『菊屋』文造殺しのあった夜、薬の行商人が見た女なのか。もし、そうだとしたなら、文造を殺した下手人を見ているのか……。

半兵衛は思いを巡らせた。

女は、村上の幼い娘と井戸端で洗濯を始めた。女は幼い娘に優しい言葉を掛け、溜まった汚れ物を手際良く洗濯していった。時々逢うおかみさんたちに丁寧に挨拶をする女には、後ろめたさの欠片《かけら》もなかった。それは、落ち着きのある凜《りん》とした姿だった。

武家の出かも知れない……。

半兵衛はそう感じた。

洗濯を終えた女は掃除を済ませ、幼い娘を連れて買物に出掛けた。

半兵衛と半次が尾行し、女が一人になるのを待った。

女は幼い娘と手を繋ぎ、楽しげに惣菜の買物を済ませて甘味処に入った。

二人は汁粉を食べ、大福餅と団子を包んで貰った。大福餅と団子は、おそらく村上への土産《みやげ》なのだ。そして、幼い娘は、千代紙を買って貰った。

幼い娘の楽しげな笑い声が、可愛く響いた。

惣菜の買物と甘味処。

女は代金を文銭ではなく、一朱金や一分金で払った。

女は金に困ってはいない……。

半兵衛はそう判断した。

女と幼い娘は手を繋ぎ、夕陽に影を長く伸ばして源助長屋に戻った。

結局、女は一人にならず、聞き込みを掛ける機会はなかった。

半兵衛は、女をそっとして置きたい思いに駆られた。


「どうでした」

鶴次郎は身を乗り出した。

「娘とずっと一緒でね。聞き込み、無理だったよ」

「そうですか」

「後は帰る時だな」

女をそっとして置くわけにはいかない……。

半兵衛は決めた。

「で、二人の様子はどうでした」

「仲の良いおっかさんと小さな娘。ありゃあそうとしか見えないよ」

「そうなんですか、旦那」

「うん。半次の云う通りだ」

半兵衛は苦笑した。

女は、早い晩飯の仕度を始めた。そこには、長屋の者たちの邪魔にならない配慮が感じられた。

幼い娘は、千代紙を折って作った紙風船をついて遊んだ。

女が折ってやった紙風船……。

半兵衛は思わず微笑《ほほえ》んだ。

「じゃあ旦那、こっちも腹ごしらえをしておきますか」

鶴次郎は飯の仕度を始めた。


日が暮れ、夜が更けた。

半兵衛たちは、村上又四郎の家を見張り続けた。

「いつもより明るいな……」

鶴次郎が、怪訝な面持ちで呟いた。

「明るい」

「はい。家の明かり、いつもより明るく思えるんですよ」

鶴次郎は、村上の家の腰高障子を見詰めた。

明るい障子の向こうから、幼い娘のはしゃいだ笑い声が賑やかに洩れた。

「行燈《あんどん》を増やしたんじゃあないのか」

半次が笑った。

「そうかな……」

鶴次郎は首を捻った。

いつもより明るいのは、女の存在なのだ。

半兵衛はそう感じた。

時はゆっくりと過ぎていき、幼い娘のはしゃいだ笑い声も消えた。


戌の刻五つ半が近付いた。

「よし。私と半次は木戸で見張る。鶴次郎は後をつけてくれ」

「承知しました」

「半次、鶴次郎、今夜のところは女が何処に帰るか見届けるだけだ」

「旦那……」

半次と鶴次郎が、怪訝な眼差しを向けた。

「焦って女を追い詰めちゃあならない。ここは落ち着いてやろう。いいな」

「はい」

半次と鶴次郎は頷いた。

半兵衛は半次を従え、鶴次郎を残して長屋の家を出た。それから僅かな時が過ぎ、村上の家の腰高障子が開いた。

鶴次郎は緊張した。

村上に見送られて女が出て来た。

女は村上に一礼し、木戸に向かった。

村上は見送った。

鶴次郎は僅かに苛立った。

村上が見送っている限り、女を尾行するわけにはいかない。

女は木戸を潜り、夜の暗がりに歩き去った。

村上が家に戻った。

家を出た鶴次郎は、足早に女を追った。

行く手の暗がりに、半兵衛の後ろ姿が見えた。その前に女がいるのだ。そして、半次は女の横手辺りから追っている。

鶴次郎は、半兵衛に追いついた。

「遅かったな」

「すみません。村上が見送っていましたので」

「そうか……」

半兵衛と鶴次郎は、足早に行く女を尾行した。

女は西堀留川の東岸を進んだ。もし、『菊屋』文造殺しを見たとしたら、この道でのことだ。

女は緊張した面持ちで辺りを窺い、足早に進んだ。そして、荒布橋を渡り、すぐに左手の日本橋川に架かる江戸橋に急いだ。

半兵衛たちは追った。

江戸橋を渡った女は、楓川沿いを進んで小松町に入った。

半兵衛たちは、慎重に尾行を続けた。

小松町に入った女は、裏通りにある小さな荒物屋に駆け寄り、戸を小さく叩いた。

荒物屋の戸は待っていたかのように開き、女は素早く入り込んだ。

半兵衛と鶴次郎は、物陰から見届けた。

「旦那……」

半次が暗がりから現れた。

「女の家ですかね」

「さあ、どうかな……」

半兵衛は、女の今までの雰囲気と荒物屋が一致しないように思えた。

「旦那……」

鶴次郎が囁いた。

小さな荒物屋の戸が開き、若い男が出て来た。見るからに実直そうな若い男は、日本橋通りに駆け出して行った。

「追ってみます」

鶴次郎が追った。

半兵衛と半次は、小さな荒物屋を見張った。

夜廻りが拍子木を甲高く鳴らし、路地の向こうに近づいて来た。

「旦那、ちょいとご免なすって……」

半次は、やって来る夜廻りに駆け寄って行った。

鶴次郎が戻って来た。

「旦那……」

「どうした」

「さっきの若い男、駕籠《かご》を呼んで来ますよ」

鶴次郎の言葉が終わらぬ内に、若い男が町駕籠を連れて来た。そして、町駕籠を表に待たせて荒物屋に入った。

半次が戻って来た。

「荒物屋の主はおつね。倅《せがれ》の音吉《おときち》と二人でやっているそうです」

半次が、夜廻りに聞き込んできた。

駕籠を呼んできた若い男が、荒物屋の倅の音吉なのだ。

小さな荒物屋の戸が開き、音吉が大店のお内儀らしき女や老婆と出て来た。

大店のお内儀は、〝通い妻〟の女だった。

半兵衛たちは眼を見張った。

大店のお内儀は、老婆に声を掛けて町駕籠に乗った。

「じゃあお嬢さま、お気をつけて……」

「おつねもね」

「はい。音吉」

「うん。じゃあやってくれ」

音吉が駕籠舁《か》きに声を掛けた。駕籠舁きは、お内儀を乗せた駕籠の棒先を京橋に向けた。

女はまだ何処かに行く。

半兵衛たちは追った。

町駕籠は小田原《おだわら》提灯《ぢょうちん》を揺らし、音吉の先導で京橋に急いだ。そして、京橋を越え、銀座二丁目にある打物屋『堺屋』の前で止まった。

「ありがとう」

お内儀らしき女は、駕籠を降りて駕籠舁きに酒手を渡した。

音吉は、大戸の潜り戸を静かに叩いた。

店の中から声がした。

「へい。小松町の音吉にございます。お内儀さまをお送りして参りました」

潜り戸が開き、手代が迎えに出た。

「お帰りなさいませ」

「只今戻りました。じゃあ音吉。ご苦労でしたね」

「へい。お休みなさいませ」

お内儀は『堺屋』の店に消えた。

音吉は、お内儀が『堺屋』に入るのを見届け、小松町に戻って行った。

打物屋『堺屋』の手代は、火入れ行燈を消して潜り戸を閉めた。

「打物屋堺屋か……」

「通い妻は大店のお内儀さんですか……」

半次が眉を顰めた。

「旦那の睨み通り、やはり訳ありでしたね」

「うん。途中で着物を着替えたところをみると、旦那や店の者には内緒のようだ」

半兵衛はそう睨んだ。

夜の銀座に人通りはなく、静けさだけが重く沈んでいた。

行燈の灯りは眩《まぶ》しい程、明るかった。

「只今戻りました。遅くなって申し訳ございません」

おふみは、初五郎に挨拶した。

初五郎は帳簿から眼をあげ、おふみに振り向いた。

「いいや。どうだった。おつねさんは……」

「はい。お蔭さまでもう大分良くなっておりました」

「そりゃあ良かった。でも、何分《なにぶん》にも年寄りだ。足腰の痛みはなかなか治らないだろうね」

「はい……」

「ま。私も気をつけなければ……」

「何を申されます。旦那さまはまだ……」

「おふみ、私ももうじき五十歳だよ」

初五郎は苦笑した。

「それでは、寝酒の仕度をして参ります」

「おふみ、風呂に入って来なさい。寝酒はそれからでいいよ」

「ですが……」

「おふみ、たまには二人でゆっくり寝酒を楽しもうじゃあないか」

「はい」

おふみは微笑んだ。

「それでは、お風呂を戴いて参ります」

「うん。そうしなさい」

初五郎は再び帳簿に向かった。その背は大きく、温かく見えた。

おふみは、初五郎の優しさに安らぎを感じた。そして、微かな後ろめたさを覚えずにはいられなかった。


打物屋『堺屋』。

半次と鶴次郎が、『堺屋』のお内儀と店の内情を調べるのに時は掛からなかった。

「堺屋はかなり繁盛をしていましてね。主は初五郎、お内儀はおふみといいます」

「おふみか……」

〝通い妻〟の名前がようやく分かった。

「それで旦那、おふみさんは後添えでしてね。元は御家人の娘さんでしたよ」

半次が告げた。

「御家人の娘……」

「ええ……」

打物屋『堺屋』の後添いのおふみは、八十俵取りの貧乏御家人の娘だった。母親を早くに亡くしたおふみは、貧乏御家人の父親と弟の世話に明け暮れて婚期を逃した。そして、先妻を病で亡くしていた初五郎に見初《みそ》められ、伝手《つて》を通じて後添いに望まれた。

一回り以上年上の初五郎には、二十歳を過ぎた先妻の息子がいた。だが、決して老け込んでもおらず、悪い男ではなかった。

父親は何も云わず、おふみに思う通りにしろと告げた。

おふみは迷った。だが、弟の新八郎《しんぱちろう》に恋人が出来た事がおふみの背中を押した。

おふみは、初五郎の申し出を受け、後添えになった。

「それで、夫婦仲はどうなんだい」

「そいつなんですがね。おふみさんは店のことには一切口出しせず、先妻の息子とも上手《うま》くやっているそうですよ」

利口な女だ。

半兵衛は感心した。

「それで、源助長屋の村上さんとの関わりは、分かったのかい」

「そいつはまだ」

「じゃあ、小松町の荒物屋は……」

「なんでも、おつねは昔、おふみさんの実家に奉公していた事があったそうでしてね。あの荒物屋は、おふみさんが初五郎旦那に頼んで出して貰ったそうですよ」

「成る程……」

「それで鶴次郎が、おふみさんが実家にいた頃、周囲に村上さんがいなかったかどうか調べています」

半次と鶴次郎の仕事は手早い。だが、半兵衛は手早い仕事が洩れるのを懸念した。

「半次。私たちがおふみを調べている事、堺屋の旦那は勿論、店の者には知られちゃあならないよ」

半兵衛は釘を刺した。

「旦那……」

「おふみは、文造殺しに関わりがあるといっても、下手人を見たかどうかだ。妙な騒ぎにしたくはない」

半兵衛は、おふみをそっとしておきたかった。

「分かりました。じゃあ旦那、あっしは殺された文造の身辺をもう一度調べてみます」

「うん。頼むよ」

半次は、日本橋室町の瀬戸物屋『菊屋』に向かった。


打物屋『堺屋』は繁盛していた。

店は、主の初五郎と先妻の息子である若旦那が取り仕切っており、奉公人たちも丁寧に客の応対をしていた。

半次が調べてきた通り、後添えのおふみは奥で初五郎の世話だけをしていた。

半兵衛は『堺屋』の斜向《はすむ》かいの茶店に陣取り、おふみの外出を待った。だが、おふみが出掛ける様子は窺えなかった。

半兵衛は、小松町の小さな荒物屋に向かった。

小さな荒物屋に客はいなく、おつねが店番をしていた。

半兵衛は、おつねからおふみに近付く事にした。

「やあ……」

半兵衛は荒物屋に入った。

店では、笊《ざる》や小さな桶、草鞋《わらじ》や懐紙など雑多な品物が売られていた。

「いらっしゃいませ……」

おつねは、同心の半兵衛に微かな警戒感を見せた。

「懐紙、あるかい」

「ございますが……」

「貰おう」

半兵衛は懐紙を買った。

「ところでおつね……」

「は、はい」

おつねは、自分の名を呼ばれたことに動揺を見せた。

「旦那……」

「私は北町奉行所の白縫半兵衛って者でね」

半兵衛は親しげに笑いかけた。

「はい」

おつねは、緊張した面持ちで喉を鳴らした。

「ここだけの話だがね」

半兵衛は声を潜めた。

「ここだけの話……」

「うん。打物屋の堺屋のお内儀、おふみさんの事だ」

「お嬢さまの事……」

おつねは激しく狼狽《ろうばい》し、声を張り上げた。

「声が大きいよ、おつね。落ち着きな」

半兵衛は店の外を気にした。

おつねは、慌てて口を押さえた。

「おつね。正直に云うよ」

おつねは恐ろしそうに眉根を寄せ、半兵衛の次の言葉を待った。

「おふみさんが、初五郎に内緒で小舟町の源助長屋に五日に一度通っているのは分かっている」

「旦那……」

おつねは身を縮め、微かに震えた。

「いいかい、おつね。私はおふみさんをお縄にしようってんじゃあない。堺屋の初五郎たちに内緒で訊きたい事があるだけだよ」

「旦那さまたちに内緒で……」

おつねは、半兵衛に怪訝な眼差しを向けた。

「うん。源助長屋の村上さんの事を知られないようにね」

「旦那……」

おつねは、縋《すが》る眼差しを半兵衛に向けた。

「だから、ちょいと逢わせて欲しいんだ」

半兵衛は笑ってみせた。

三

隅田川を渡った本所割下水《わりげすい》一帯には、小旗本と御家人の組屋敷が連なっていた。

その屋敷の連なりの中に、おふみの実家である渡辺家があった。

鶴次郎は、渡辺家のある一帯に出入りしている職人や行商人に聞き込みを掛け、渡辺家のありようを探った。

おふみが『堺屋』初五郎の後添えになった後、渡辺家は弟の新八郎が嫁を迎えて当主となり、父親は既に隠居していた。

実家にいた頃のおふみは、父親と弟の世話に明け暮れる綺麗な優しい娘と評判だった。

おふみは、舞い込む縁談を断り、父親たちの世話をしている内に婚期を逃した。

親孝行と優しさが仇《あだ》になった……。

近所の人々は、そう噂しておふみを哀れんだ。

おふみは実家にいた頃、余り出歩いていなかった。村上又四郎と知り合うとしたら、実家のある本所界隈に違いない。そうだとしたら村上又四郎も、本所界隈で暮らしていたのかもしれない。

鶴次郎は聞き込みを続けた。そして、おふみと村上又四郎の関わりの一端が、ようやく浮かんだ。

お濠端には風が心地良く吹き抜けていた。

半兵衛は待った。

四半刻（三十分）が過ぎた頃、おつねがおふみを連れて来た。

「やあ……」

半兵衛は笑いかけた。

おふみの強張った顔には、微かな怯えが浮かんでいた。

「白縫さま、私は……」

おつねが、どうしていいのか目顔で半兵衛に尋ねた。

「おつね、構わないよ。ここにいて話を聞いていてくれ」

半兵衛は頷いて見せた。

おふみは、半兵衛の態度に僅かな安堵を見せた。

「おふみさん、わざわざ来てくれて礼を云うよ」

「いいえ……」

「余り暇もないだろうから手早く訊くが、お前さん源助長屋の帰り、人殺しを見たね」

おふみは眼を見張った。

「違うかい」

「いいえ。仰《おっしゃ》る通り、見ました」

おふみは、半兵衛を見詰めて答えた。

やはり、おふみは瀬戸物商『菊屋』文造が殺されるのを見たのだ。

「お嬢さま……」

おつねは驚いた。

「殺されたのは、室町の瀬戸物屋の主でね。下手人、どんな奴だった」

「白髪頭の痩せた人でした」

おふみは、忘れられずにいたのかすぐに答えた。

半兵衛の脳裏に、痩せた白髪頭の男の姿が浮かんだ。

「白髪頭の痩せた人が、棒で後ろから……」

おふみは、己の見た光景を恐ろしげに眉を顰めて告げた。

「間違いないね」

「はい。間違いございません」

おふみは頷いた。

「そうか。いや、助かった。礼を云うよ」

「いいえ。私こそお役人さまにお報せ致さず、申し訳ございませんでした」

「おふみさん。お前さんは何も見ちゃあいないし、私に何も報せちゃあいない」

「えっ……」

おふみは戸惑った。

「それでいいじゃあないか」

半兵衛は笑った。

「白縫さま……」

「おふみさん、私は二度とお前さんの前には現れないよ。だから、忘れるんだね」

「かたじけのうございます」

「じゃあ、おつね……」

半兵衛は、おふみとおつねに戻るように促した。

おふみとおつねは、半兵衛に深々と頭を下げ、助け合うように寄り添って戻って行った。

半兵衛は、おふみに村上又四郎との関わりを訊かなかった。深く立ち入り、おふみの不安を煽《あお》るのを恐れての事だった。

おふみと村上又四郎の関わりは、いずれは分かる……。

半兵衛は風に吹かれながら、二人を見送った。

「ご苦労だったね」

半兵衛は、組屋敷の囲炉裏端で半次と鶴次郎を迎えた。

「いいえ……」

「ま。腹ごしらえをしてくれ」

半兵衛は、囲炉裏で湯気をあげている雑炊を示した。

「戴きます」

半次と鶴次郎は、雑炊を椀にとって食べた。

半兵衛は、二人が雑炊を食べ終わるのを見計らって茶を出した。

「おそれいります」

半次と鶴次郎は恐縮した。

「それで鶴次郎、おふみと村上の関わり、何か分かったかい」

「はい。どうにか……」

「聞かせて貰おうか」

半兵衛は鶴次郎を促した。

「はい。五年前のことだそうですが、おふみさんは使いの帰り、土地の地廻りたちに襲われて手込めにされかけたそうです。その時、助けてくれたのが……」

「村上さんだったのかい」

半次が先を読んだ。

「いいや。村上さんの奥方さまだったそうだ」

「奥方……」

半兵衛は戸惑った。

「はい。奥方さまが止めに入り、おふみさんを庇《かば》って殴る蹴るの乱暴を受けたそうです。そして、役人が駆け付けて来て、奥方さまとおふみさんは助かったそうです。ですが……」

鶴次郎は眉を顰めた。

村上又四郎の奥方は、その時に受けた傷が悪化して息を引き取った。

夫の村上又四郎と、生まれたばかりの赤ん坊を残し……。

村上又四郎は、妻を死に追い込んだ三人の地廻りを斬り棄てた。その時、村上は脚に深手を負い、引きずるようになった。

妻の仇を夫が討つのは、逆縁《ぎゃくえん》として認められていない。

御家人だった村上又四郎は、五十俵の扶持米《ふちまい》を取り上げられて家を取り潰された。

浪人となった村上は、赤ん坊を抱えて姿を消したのだ。

おふみは驚き、村上と赤ん坊を探した。しかし、二人の行方は分からないまま時が過ぎ、おふみは『堺屋』初五郎の後添いになった。

鶴次郎の話は終わった。

半次は深い吐息を洩らした。

「おふみはその後も村上を探し、ようやく小舟町の源助長屋で見つけたか」

半兵衛は読んだ。

「きっと……」

鶴次郎は頷いた。

村上探しには、おそらく奉公人だったおつねとその倅の音吉も関わっている。

そして、おふみは村上父娘の許に五日に一度通い、自分の出来る範囲の援助をし始めたのだ。

自分の為に、妻であり母である女を死なせてしまった……。

おふみに出来る恩返しはそれしかない。

それが、〝通い妻〟の真相なのだ。

半兵衛は、おふみの辛さと哀しさに思いを馳せた。

「それにしても堺屋の初五郎。おふみさんが、村上さんの処に通っているのを本当に知らないのかな」

半次は首を捻った。

「五日に一度の外出だ。普通なら妙に思っても不思議はないぜ」

鶴次郎が眉を顰めた。

おふみが、どのような口実で五日毎に外出しているのかは知らない。だが、おそらく初五郎は気付いている。

気付いていながら、見て見ぬふりをしているのだ。

半兵衛は、『堺屋』の主・初五郎の優しさと、人間の大きさを感じた。

囲炉裏の火が爆《は》ぜ、火の粉が飛び散った。

「さあて、文造を手に掛けた下手人の処に行くか」

半兵衛は茶を啜った。

「旦那、下手人が分かったんですか」

半次と鶴次郎は身を乗り出した。

「おふみが話してくれたよ」

「おふみさんが……」

「うん。証言じゃあなく、一度きりの話としてね」

半兵衛は、半次と鶴次郎におふみとのやりとりを話して聞かせた。

「で、下手人は……」

「白髪頭の痩せた男だそうだ」

「旦那……」

鶴次郎が緊張した。

「待ちな、鶴次郎」

半兵衛は鶴次郎を制した。

「半次、文造の周りに白髪頭で痩せた男、いるかな」

半兵衛は、文造の身辺を洗っていた半次に尋ねた。

「いいえ。今のところはおりません」

半次は首を横に振った。

「じゃあ旦那……」

鶴次郎が膝を進めた。

「うん。決まったね」

瀬戸物屋『菊屋』文造を殺した下手人は、浜町河岸に住む旗本前原家の隠居・喜翁なのだ。

「でも旦那、旗本のご隠居がどうして……」

「隠居の喜翁と文造は碁敵でね。そいつで揉めた挙句かも知れないよ」

「まさか、そんな事で……」

囲碁の勝負で揉めて人を殺すなど、あり得ることではない。

半次は首を捻った。

「旦那、相手は隠居でも旗本。あっしたちの手に負える方じゃありませんよ」

旗本たち武士は、町奉行所の支配違いであり、捕らえることはできない。

鶴次郎は眉を顰めた。

「確かにな。だが、人殺しは人殺しだ。白黒はつけなきゃあならない」

半兵衛は囲炉裏の火を消した。

旗本一千石前原頼母の屋敷は、浜町河岸を入った処にある。

半兵衛は、前原家の家来の案内で離れの庭先に通された。

隠居の喜翁は、今日も離れの濡れ縁で棋譜を見ながら碁石を置いていた。

「ご無礼致します」

半兵衛は喜翁に挨拶をした。

「北町奉行所の白縫だったな」

喜翁は白髪頭を微かに揺らし、碁盤に眼を落としたまま尋ねた。

「はい」

「文造を殺めた下手人はどうした」

「突き止めました」

喜翁は、視線をようやく碁盤から半兵衛に向けた。

「突き止めた……」

喜翁の筋張った首筋が伸びた。

「はい。突き止めました」

「白縫……」

喜翁は半兵衛を見据えた。

「突き止めた下手人とは何者だ」

「旗本の隠居です」

半兵衛は告げた。

喜翁の喉仏が大きく上下した。

「旗本の隠居が何故、文造を手に掛けたと申すのだ」

「おそらく、囲碁にでも負けたのが悔しくて殺めたのでしょう。まるで子供です」

半兵衛は、挑発するように笑った。

「子供……」

「文造も困った碁敵を持ったものです」

「証拠はあるのか……」

「殺すところを見た者がいました」

「見た者がいた……」

喜翁の声が震えた。

半兵衛の睨み通り、喜翁は囲碁に負けた悔しさの挙句、帰る文造を襲ったのだ。

「ええ……」

「だが、旗本の隠居なら、その方たち町奉行所の役人には捕らえられぬであろう」

「仰せの通りです」

半兵衛は苦笑した。

「では、どうする」

「お目付に届け出る……」

目付に届け出て、評定所の裁きを受けさせる。

「だが、握り潰すことも出来る」

喜翁は半兵衛を睨みつけ、傲慢に言い放った。

「左様、容易《たやす》いことでしょうな」

半兵衛は頷いた。

「それで終わりなら、早々に引き取るのだな」

喜翁は薄笑いを浮かべ、碁盤に眼を落とした。

「ところが喜翁さま。世の中には噂、評判と申す裁きもあります」

「噂……」

喜翁が白い眉を顰めた。

「左様。噂を広げ、世間の裁きを受けて戴きます」

「白縫……」

喜翁の声がかすれて震えた。

旗本前原家の隠居が、囲碁に負けた悔しさの余り、碁敵の『菊屋』文造を手に掛けた。

噂は江戸の町を駆け巡り、時を待たずに広がるだろう。そうなると、評定所も握り潰したままには出来ない。

「噂か……」

「はい。如何に旗本でも人の口に戸は立てられません。下手をすればお家は取り潰し、良くて減知《げんち》。そうは思いませんか」

半兵衛は笑い掛けた。

喜翁は強張り、顔色が変わっていた。

「白縫、その隠居、どうすればいいのだ」

「それなりの手立てで罪を償うしかないでしょうな。お家の為にも……」

「罪を償う……」

「はい。さすれば噂も広まらず、お家に傷がつくこともありますまい」

「そうか……」

喜翁は項垂《うなだ》れた。

「では、これにてご免……」

半兵衛は一礼し、庭先から出て行った。

喜翁は凍てついたように座り続けた。


半兵衛は前原屋敷を出た。

待っていた半次と鶴次郎が駆け寄った。

「如何《いかが》でした」

「睨み通りだったよ」

半兵衛は苦笑した。

「やっぱり……」

「それでどうします」

「罪を償うように勧めたよ」

「償いますかね」

半次は疑いの眼差しで前原屋敷を見た。

「償わない時には、噂が前原家に災いを及ぼすだろうね」

「噂が……」

「うん。お上が裁けないなら、世間が裁くしかあるまい」

半兵衛の顔に厳しさが滲んだ。

その夜、旗本一千石前原家の隠居喜翁は、切腹して果てた。

前原家の当主の頼母は、父親喜翁の凶行を知って愕然とした。そして、瀬戸物屋『菊屋』に謝罪し、見舞金を渡して内済で事を治めた。

瀬戸物屋『菊屋』文造殺害の一件は終わった。

銀座の打物屋『堺屋』の女房おふみは、小舟町の源助長屋の村上又四郎の許に通い続けていた。

「旦那に気付かれなきゃあいいんですがね」

半次は心配した。

「半次、堺屋の旦那はきっと知っているよ」

半兵衛は笑った。

おふみが、初五郎の後添えになって三年が過ぎている。そして、村上の許に五日毎に通って二年が過ぎていた。

幾らおつねや音吉の力添えがあったとしても、初五郎が不審を抱かない筈はない。

おそらく初五郎は、おふみと村上の関わりの何もかもを知って黙認をしているのだ。

半兵衛はそう睨んでいた。

「旦那の初五郎がそれでいいなら、赤の他人の私たちが文句を云う筋合いじゃあない」

半兵衛は苦笑した。

「そりゃあそうですね」

半次は頷いた。

「半次。世の中には、私たちが知らん顔をした方が良いことがある。おふみの件は忘れようじゃないか」

半兵衛は、半次に微笑みかけた。

「仰る通りで……」

半次は、半兵衛の優しさを改めて思い知らされた。

「よし。じゃあ今夜は、鶴次郎や房吉を呼んで鳥鍋で一杯やるか」

「いいですねえ。じゃあ、あっしが皆に報せて鳥を買って来ましょう」

「じゃあ、俺は酒と野菜を買って鍋の仕度をしているよ」

「承知しました」

半次は、半兵衛から鳥代を貰って駆け去った。

半兵衛は呉服橋の北町奉行所を出て、八丁堀北島町の組屋敷に向かった。

日本橋通りは行き交う人で賑わっていた。

半兵衛は馴染《なじ》みの酒屋に寄り、酒を届けるように頼んだ。そして、酒屋を出ようとした時、店の前をおふみが通って行った。

おふみは顔を輝かせ、弾んだ足取りで通り過ぎて行った。五日ごとに村上家に行く日なのかもしれない。

半兵衛は黙って見送った。

おふみは人込みに消えていく。

人は皆、何らかの秘密を抱いて生きている。

半兵衛は微笑み、野菜を買いに八百屋に向かった。

第四話　裏切り

一

隅田川に架かる永代橋は、長さが百二十八間あり、廻船が行き交えるように橋《はし》桁《げた》が高くされていた。

その永代橋の橋脚に、華やかな色の襦袢《じゅばん》を纏《まと》った若い女の死体が引っ掛かった。

呉服橋御門内北町奉行所を出た半兵衛は、日本橋川沿いを下った。そして、日本橋川に架かる豊海橋《とよみばし》を渡り、永代橋の袂《たもと》にある船番所に入った。

「ご苦労さまです」

先に来ていた半次が迎えた。

若い女の死体は、船番所の役人たちに引き上げられ、板の間に安置されていた。

「どんな具合だい」

半兵衛は半次に尋ねた。

「酷《ひど》いものですよ」

半次が眉を顰《ひそ》め、若い娘に掛けられている筵《むしろ》を捲《めく》った。

半兵衛は、若い女の死体に手を合わせて検死を始めた。

若い女は全身に刀傷や殴打の痕を残し、心の臓を突き刺されていた。

「止《とど》めを刺されたんですかね」

「うん……」

半兵衛は頷いた。

若い女は、おそらく手込めにされて嬲《なぶ》り殺しに遭ったのだ。

「で、仏さんの身元、分かったのかい」

「はい。どうやら一昨日から行方知れずになっている駒形《こまがた》の小間物問屋の娘のようです」

駒形は隅田川の上流、浅草吾妻橋近くの町だ。

「一昨日から行方知れずになっていた」

半兵衛は聞き返した。

「ええ。親類の家に使いに行った帰り、姿を消したそうです。今、家の者を呼びに行って貰っています」

「そうか……」

駒形の小間物問屋『双葉屋《ふたばや》』の十八歳になる娘・おなつは、神田佐久間町の親類の家に使いに行った帰りに姿を消した。

おなつの父親、『双葉屋』仁兵衛《にへえ》は夜になっても戻らない娘を心配し、自身番を通して町奉行所に捜索願いを出していた。

おなつの父親と母親が、自身番の番人と一緒に船番所に来た。二人は若い女の死体を見て絶句し、泣き崩れた。

殺された若い娘は、行方知れずになっていた小間物問屋『双葉屋』のおなつに違いなかった。

半兵衛は船番所の役人に礼を云い、自身番の番人におなつの死体の引き取りを指示した。

仁兵衛と母親のお梅《うめ》は涙を拭い、娘のおなつの遺体を連れて『双葉屋』に帰った。

半兵衛と半次は、おなつが行方知れずになった日に訪れた親類の家に向かった。

小間物問屋『双葉屋』の親類は、神田佐久間町にある『湊屋』という海苔《のり》や昆《こん》布《ぶ》などを扱う大店だった。

半兵衛と半次は、『湊屋』の主《あるじ》とお内儀におなつの足取りを尋ねた。

「あの日、おなつはお昼過ぎに来て、暮六つ（六時）過ぎに帰りました」

叔母であるお内儀は、おなつが殺されたと知り、涙ながらに答えた。

「来ている間、変わった様子はなかったかな」

「さあ。いつも通りで、変わった様子などなかったと思いますが……」

「って事は、やはり帰り道で何かあったんですかね」

半次が首を捻った。

「きっとね……」

神田佐久間町から駒形の家に帰るには、向柳原《むこうやなぎわら》の通りから三味線堀《しやみせんぼり》を抜けて行くか、神田川沿いの道を下って蔵前通りで帰るかだ。

おなつは、そのどちらかの道で行方知れずになったのだ。

半兵衛と半次は、二手に分かれて聞き込みを開始した。

『湊屋』を出た半兵衛は、神田川沿いの左衛門河岸を抜けて蔵前通りに出た。そのまま真っ直ぐ進めば柳橋であり、蔵前通りを左に行けば駒形、浅草になる。

半兵衛は蔵前通りを左に進もうとした。

「半兵衛の旦那じゃありませんか」

背後から男が呼びかけた。

半兵衛は、怪訝《けげん》な面持ちで振り返った。

托鉢坊主の雲海坊が、陽にあせた衣を翻《ひるがえ》してやって来た。

「やあ、雲海坊」

「お役目ですか」

雲海坊は辺りを窺い、声を潜めた。

「うん」

「宜しければお手伝い致しましょうか」

托鉢坊主の雲海坊は、岡っ引である柳橋の弥平次の手先を務めている贋坊主《にせぼうず》だ。

「柳橋の親分の方はいいのかい」

「へい。今、笹舟の帰りなんですが、なにもありませんので……」

『笹舟』は、弥平次と女房おまきが営む船宿であり、柳橋の袂にあった。

「じゃあ、弥平次には後で断っておこう」

「お供します」

半兵衛は駒形に向かった。

雲海坊が続いた。

半兵衛は、道すがら小間物問屋『双葉屋』の娘・おなつの一件を話して聞かせた。

「可哀想に、南無阿弥陀仏《なむあみだぶつ》……」

雲海坊は、歩きながら片手拝みに呟いた。

鳥越橋を渡ると公儀の米蔵である浅草御蔵《おくら》となり、御厩河岸《おんまやがし》の渡し場がある。

そして、諏訪町《すわちょう》となり、駒形堂のある駒形町だった。

「それにしても旦那。おなつさんが下手人《げしゅにん》に連れ去られたのは、この蔵前通りじゃあないんじゃあないですかね」

蔵前通りは、公儀の米蔵があるせいで木戸が多い。若い娘を拉致《らち》するには、不向きな道といえた。

「うん。とにかく木戸番に聞きながら行こう」

半兵衛と雲海坊は、木戸番の番人に若い娘が連れ去られるのを見たか、連れ去るような男たちの存在を尋ねた。だが、木戸番の番人たちの誰にも心当たりはなかった。

「旦那、こうなると半次の親分の向柳原から三味線堀の方かも知れませんね」

「うん……」

いずれにしろ『双葉屋』のおなつは、神田佐久間町から浅草駒形町の間で何者かに連れ去られたと見ていい。

「旦那。おなつさん、嬲り者にされた挙句に止めを刺されていたんですね」

「うん」

「侍の仕業ですかね」

「おそらくな……」

「でしたら旦那。神田佐久間町から駒形までの間に暮らす侍に、そんな酷い真似をする野郎がいねえか調べてみたいんですが」

雲海坊は身を乗り出した。

「いいだろう。頼むよ、雲海坊」

「へい。お任せを。じゃあ……」

雲海坊は身軽に踵《きびす》を返し、新堀の方に駆け去った。

半兵衛はそのまま進み、駒形町の小間物問屋『双葉屋』に出た。

弔《とむら》いの仕度に忙しい『双葉屋』には、鶴次郎が来ていた。

「どうだい」

「そりゃあもう、気の毒なもので……」

「妙な奴は来ていないかい」

下手人は、おなつの死体が発見されたのを知り、様子を窺いに来ているかも知れない。

半兵衛はそれを警戒した。

「今のところは……」

鶴次郎は首を横に振った。

「よし、今夜一晩、見張ってくれ」

「承知しました」

鶴次郎は今夜、弔いの手伝いとして『双葉屋』に張り付き、弔問客《ちょうもんきゃく》を見張ることになった。

「で、おなつの評判は……」

「真面目で素直ないい娘さんだったそうですよ」

「親に内緒で、悪い遊び仲間と付き合っていたとかは……」

「臭いもありません」

「そうか……」

おなつが良い娘であればある程、無残な事件だ。

半兵衛の中に怒りが湧いて来た。

「旦那……」

半次が門跡前の通りからやって来た。

「どうだった」

「さっぱりです。おなつさんが帰った暮六つ過ぎに、もう一度聞き込んでみます」

昼間と夜では行き交う人も違う。夜にしか通らない人が、事件に関わることを見ているかも知れない。

半次はそれを狙っていた。

「頼むよ。それから……」

半兵衛は、半次と鶴次郎に雲海坊が手伝ってくれている事を教えた。

「そいつは大助かりだ」

半次と鶴次郎は喜んだ。

小間物問屋『双葉屋』に弔問客が訪れ始めた。その中に、神田佐久間町の『湊屋』の叔母夫婦もいた。

夕暮れ時が近付いた。

半次と鶴次郎は、各々のすべき事に散った。

半兵衛は柳橋に向かった。

船宿『笹舟』の船着場では、屋形船を仕立てて夜の舟遊びをする客で賑わっていた。

半兵衛は暖簾《のれん》を潜り、店土間に入った。

「いらっしゃいませ」

お糸が帳場で迎えた。

「やあ。邪魔をするよ」

「これは白縫さま……」

『笹舟』の養女お糸は、親しげな笑みを浮かべて帳場から出て来た。

「親分いるかな」

「はい。さあ、どうぞお上がり下さい。お父っつぁん」

お糸は奥に向かった。

半兵衛は続いた。


柳橋の弥平次は、半兵衛の猪口《ちょこ》に酒を満たした。

「すまないね」

「いいえ。こちらこそご丁寧に断りを入れて戴きまして畏《おそ》れ入ります」

半兵衛は、雲海坊に手伝って貰う断りを入れた。弥平次は快く承諾してくれた。

「そうですか、永代橋であがった仏さん、双葉屋のお嬢さんだったんですか」

弥平次は、小間物問屋『双葉屋』を知っていた。だが、主の仁兵衛とは面識がなかったようだ。

「うん。可哀想な話だよ」

半兵衛は酒を啜《すす》った。

「まったくで。旦那、宜しかったらあっしたちもお手伝い致しましょうか」

「今のところはいいが……その内、頼むかも知れない。その時は宜しくお願いするよ」

「お任せを……」

「お父っつぁん」

お糸が声を掛けてきた。

「うん……」

廊下の襖《ふすま》を開けてお糸が、顔を覗かせた。

「雲海坊さんが……」

「入りな」

「お邪魔します」

雲海坊が入って来た。

「お糸、雲海坊に酒と飯をな」

「はい。すぐに……」

お糸は襖を閉めた。

「ご苦労だったね」

半兵衛は雲海坊を労《ねぎら》った。

「いえ。双葉屋で鶴次郎の兄いが、旦那はきっと親分の処だろうと伺いまして……」

雲海坊に抜かりはなかった。

「何か分かったかい」

「それが、三味線堀を過ぎた処に村岡藩の江戸下屋敷がありましてね。界隈の屋敷に出入りしている行商人の話じゃあ、妾腹の若様と取り巻きの家来たちが、よく昼間から女を引き入れて酒盛りをしているとか……」

弥平次が、素早く大名の武鑑を開いた。

「因幡国《いなばのくに》村岡藩七万石、松崎《まつざき》左京太夫《さきょうだゆう》さまの江戸下屋敷ですか……」

「村岡藩の下屋敷ねえ」

「ええ。神田佐久間町から浅草駒形までの間で、一番評判の悪い武家のお屋敷でしたよ」

「雲海坊。だからといって、双葉屋のお嬢さんをかどわかして殺《あや》めたとは決め付けられないさ」

弥平次は、先走りしかける雲海坊に釘を刺した。

「へい」

「とにかく村岡藩の妾腹の若様が、どんな奴か詳しく調べてからだ」

弥平次は、雲海坊の先走りが半兵衛に迷惑を掛けるのを恐れた。

「承知しました」

雲海坊は頷いた。

「ま。下手人はまともな奴じゃあない。何をするか分からないから、雲海坊も油断は禁物だよ」

半兵衛は注意を促した。

お糸と女将のおまきが、酒と料理を運んできた。

小間物問屋『双葉屋』の娘おなつの弔いは続いた。

鶴次郎は、手伝いながら弔問客の様子を窺った。

時が過ぎた。

羽織袴の若い武士がやって来て、『双葉屋』の弔いを横目に見ながら通り過ぎた。

鶴次郎は、若い武士の顔が強張っているのに気付いた。

緊張している……。

鶴次郎は感じた。

『双葉屋』の前を通り過ぎた若い武士は、斜向《はすむ》かいの路地に入った。そして、路地の暗がりに潜み、『双葉屋』を窺った。

おなつ殺しに関わりがある……。

若い武士はおなつ殺しに関わりがあり、弔いがどうなっているかを見に来たのだ。

鶴次郎は確信した。そして、『双葉屋』を離れ、路地に潜む若い武士の背後に廻った。

若い武士は、四半刻（三十分）ほど『双葉屋』を監視し、路地を出た。

鶴次郎は暗がり伝いに追った。

おなつの弔いは、静かに続いていた。

駒形町を出た若い武士は、東本願寺前の門跡前通りを抜けて新堀を渡った。そして、足早に三筋町に入った。

若い武士は先を急ぐのに気を取られているのか、尾行する鶴次郎に気付く事はなかった。

鶴次郎は暗がり伝いに追った。

三筋町には、大名や旗本の屋敷と公儀組屋敷などが甍《いらか》を連ねていた。

若い武士は三味線堀に進み、その近くにある武家屋敷に入った。

武家屋敷に暮らす家士……。

鶴次郎はそう睨み、武家屋敷の主が何者か突き止める事にした。

「鶴次郎じゃあねえか」

暗がりから半次が現れた。

「半次か……」

「何をしているんだ」

「妙な野郎が、弔いを眺めていてな。追ってきたんだ」

「そうか……」

「それより半次。おなつさんの足取り、何か分かったのか」

鶴次郎は尋ねた。

「ああ。三味線堀まではな」

事件当夜、夜鳴蕎麦屋《よなきそばや》の親父が三味線堀の傍を通って行くおなつを見ていた。

「で、その後は……」

「そいつが、分からねえ」

おなつの足取りは、三味線堀で途切れていた。

「で、お前が追って来た妙な野郎ってのは」

鶴次郎は、若い武士が『双葉屋』を窺い、眼の前の武家屋敷に入った事を告げた。

燭台の灯りは小刻みに瞬いた。

「それで成島《なるしま》、おなつの弔いに町奉行所の者がいる様子はなかったんだな」

生田源之丞《いくたげんのじょう》は、成島と呼んだ若い武士に疑わしげな眼を向けた。

「はい。私が見たところ、町方の者はおりませんでした」

成島清一郎《せいいちろう》は、緊張した面持ちで頷いた。

「そうか……」

「はい」

「成島。此度の一件、何としてでも闇の彼方《かなた》に葬るのだ。さすれば、殿の覚え目《め》出度《でた》くなり、その方の栄達も叶《かな》うというもの。励むが良いぞ」

「ははっ……」

成島清一郎は平伏した。

生田は成島を残し、用部屋を後にした。

成島は小さな吐息を洩らし、緊張を解いた。

額に薄く汗が滲んでいた。

上手《うま》くすれば栄達が叶う……。

成島は密かに心を弾ませた。


茶から湯気が立ち昇っていた。

「こいつは畏《おそ》れ入ります」

半次は、半兵衛に礼を述べた。

「その武家屋敷、どなたさまのお屋敷だったんだい」

「それが、因幡国は村岡藩七万石の松崎左京太夫さまの下屋敷でした」

村岡藩江戸下屋敷……。

半次と鶴次郎が辿り着いた処は、雲海坊の睨みと同じだった。

半兵衛は手応えを感じた。

「今、鶴次郎が下屋敷の動きを見張っています」

「よし。半次、村岡藩の下屋敷を詳しく調べあげるよ」

「いいんですか、旦那」

半次は眉を曇らせた。

大名家は町奉行の支配違いだ。下手な真似をして怒りを買った時には、三十俵二人扶持《ぶち》の臨時廻り同心の半兵衛など物の数ではない。

半次はそれを心配した。

「半次、おなつはなんの罪もない十八歳の娘だ。そのおなつを手に掛けた下手人を、我が身可愛さに放って置くというなら、私は扶持米を返上して浪人するよ」

半兵衛は厳しい面持ちで告げた。

「分かりました」

半次は半兵衛の覚悟を知った。

二

三味線堀は、その形が三味線に似ているところから付けられた名前とされている。

村岡藩七万石江戸下屋敷は、三味線堀の東側にあった。

半兵衛は、下屋敷の斜向かいにある小旗本屋敷の主《あるじ》に頼み、空いている貸家を借りた。

小旗本や御家人の扶持米は増えず、その暮らしは厳しいものだった。そこで、貸家を作って家賃で補っていた。貸家は主に町医者などが借りていた。

小旗本の貸家は通りに面し、格子窓から村岡藩の江戸下屋敷が見えた。

半次は貸家に陣取り、下屋敷を監視下に置いた。そして、鶴次郎と雲海坊が、下屋敷での妾腹の若様と家来たちの暮らしぶりを調べに散った。


北町奉行所の用部屋は、日陰になって薄暗く沈んでいた。

半兵衛は薄暗い中に座り、支配与力の大久保忠左衛門を待っていた。

忠左衛門が年番方与力《ねんばんかたよりき》の許に行き、既に小半刻（三十分）が過ぎていた。

手を引く真似をしなければならない……。

半兵衛は密かに苦笑した。

苛立たしげな足音が廊下に鳴った。

忠左衛門が戻って来たのだ。

足音の様子から、年番方与力との話は不調に終わったのだ。

年番方与力とは、最古参の与力で有能な者が務めている。町奉行所の取締りから金銭の管理、配下の監督任免から臨時の重要事項を処理した。

忠左衛門は苛立たしげに座り込んだ。

「それでは大久保さま……」

村岡藩の内情は、町奉行所として動かない限り詳しくは分からない。だが、年番方与力は反対したのだ。

駄目なら長居は無用だ……。

半兵衛は用部屋を出ようとした。

「待て、半兵衛」

「はい」

「その方の睨みの通り、年番方の爺いは大名に手を出すなの一言だ。若い娘が無残に殺されたというのに……」

忠左衛門は己の年齢を棚に上げ、鼻を赤くして声を震わせた。

「情けない……」

忠左衛門は、皺《しわ》だらけの顔を歪めて怒りと悔しさを見せた。

「はあ」

半兵衛は座に戻った。

「すまぬ、半兵衛。この大久保忠左衛門、力になってやれぬ。すまぬ」

忠左衛門は筋張った首を伸ばし、半兵衛に頭を下げた。

「大久保さま……」

半兵衛はうろたえた。


八丁堀岡崎町は日差しに溢れていた。

南町奉行所吟味方与力秋山久蔵の屋敷の門前は、綺麗に掃き清められていた。

半兵衛は表門を潜り、玄関先で声を掛けた。

久蔵の義妹の香織《かおり》が、奥から式台に現れた。

「やあ……」

「これは白縫さま、おいでなさいませ」

香織は微笑《ほほえ》んだ。

「秋山さまにお目に掛かりたいのですが、いつが宜しいのかお伺い戴けませんか」

　半兵衛は、久蔵の予定を尋ねた。

「義兄なら今日は非番でございまして、与平《よへい》を相手に挟み将棋をしております。すぐにお取次ぎ致します」

　香織は素早く奥に姿を消した。

　僅かな時が過ぎ、庭への木戸から下男の与平が出て来た。

「こりゃあ白縫の旦那」

「暫くだね、与平。達者だったかい」

「へい、おかげさまで。さあ、旦那さまがお待ちかねです。どうぞ」

　与平は、半兵衛を庭先に案内した。


「珍しいな、半兵衛」

　秋山久蔵は、濡れ縁で半兵衛を迎えた。

「ご無沙汰《ぶさた》を致しております。秋山さまにもお変わりなく……」

「半兵衛、つまらねえ挨拶はいい加減にして、ま、腰掛けな」

「はい。では、ご無礼致します」

半兵衛は濡れ縁に腰掛けた。

香織とお福《ふく》が、茶と菓子を持って来た。

「白縫さま、これはお嬢さまがお作りになられたわらび餅でございます。とても美味《おい》しく出来ましたのでお召し上がり下さい」

お福は、黄粉《きなこ》をたっぷりかけたわらび餅を差し出した。

「ほう、香織さまの手作りですか……」

「白縫さま、お福が言うほど、美味しくないかも知れません」

香織は照れくさそうに笑った。

「いいえ、お嬢さま。とても美味しく出来ましたよ」

与平とお福は、久蔵の父親の代からの奉公人であり、久蔵と香織の家族といっても良かった。

「香織、お福、わらび餅の講釈はそれぐれえにしな」

久蔵は苦笑した。

香織とお福は、台所に戻って行った。

「さあて、用はなんだい」

久蔵は茶を啜った。

「はい。因幡国村岡藩について少々お願いしたいことがございまして……」

半兵衛は、北町奉行所の上層部が嫌ったことを久蔵に頼むつもりできた。

「村岡藩……」

久蔵は眉を顰めた。

「はい。村岡藩七万石松崎左京太夫さまの御家中にございます」

「何か、しでかしたのかい」

「町娘が殺されましてね。ひょっとしたら関わりがあるかと……」

半兵衛は、小間物問屋『双葉屋』の娘おなつ殺しの一件に村岡藩江戸下屋敷が浮かんだことを詳しく話した。

「それで、村岡藩の内情か……」

「はい。特に下屋敷にいるらしい妾腹の若様のことなどを……」

「面白い。やってやろうじゃあないか」

久蔵は、半兵衛の頼みを事も無げに引き受けた。権威や強い者に容赦がなく、〝剃刀《かみそり》〟と渾名《あだな》される久蔵に迷いや躊躇《ためら》いはない。

半兵衛は久蔵に礼を述べ、香織の作ったわらび餅を食べて秋山屋敷を後にした。その時、香織とお福に、わらび餅が美味《うま》かったと云うのを忘れなかった。

村岡藩江戸下屋敷は、人の出入りは少なかった。

大名家の江戸屋敷は、藩主や奥方、嫡子が暮らしていて対外的な公館である上屋敷、別荘的な役割の中・下屋敷がある。

中屋敷や下屋敷には、詰めている藩士も少ない。

鶴次郎と雲海坊は、一帯の大名屋敷に出入りを許されている商人たちに聞き込みを掛け、村岡藩江戸下屋敷の内情を調べた。

下屋敷には、留守居頭の生田源之丞以下五人の藩士が詰めていた。

鶴次郎は、おなつの弔いを窺いに来た若い侍が、成島清一郎という藩士だと知った。

出入りを許されている商人たちに、下屋敷にいる筈の若様を見た者はいなかった。

鶴次郎と雲海坊は、生田源之丞たち五人の藩士を調べ始めた。そして、半次は下屋敷に出入りする者を見張り続けた。

下屋敷の表門は常に閉ざされており、訪れる者は滅多にいなかった。

あの屋敷の中で、双葉屋のおなつは殺されたのかも知れない……。

半次は、静けさに包まれた下屋敷に不気味さを感じた。

「どうだ……」

半兵衛が酒と食べ物を買い込み、見張り場所にしている貸家に来た。

「今のところ、妙なところはありません」

「ないか……」

「はい。何だか良く分からないお大名ですね」

「うん。詳しいことはね。秋山さまにお願いしてきたよ」

「秋山さまに……」

「うん。うちのお偉いさんは、触らぬ神に祟《たた》りなしだからね」

半兵衛は吐息を洩らした。

下屋敷の潜り戸が開き、生田源之丞と成島清一郎が出て来た。

「旦那……」

半次は、半兵衛を格子窓の傍に呼んだ。

生田と成島は見張られているとも知らず、何の警戒心もみせずに出掛けていった。

鶴次郎が現れ、格子窓を一瞥《いちべつ》して生田と成島を追って行った。

「よし。私も追ってみるよ」

半兵衛は気軽に腰をあげた。

生田と成島は、向柳原の通りを神田川に向かっていた。

鶴次郎は充分な距離を取り、生田と成島を尾行していた。

「誰だい……」

斜め後ろに半兵衛がいた。

「若い方が、双葉屋の弔いを覗いていた成島清一郎。中年の方は、口の利き方からみて留守居頭の生田源之丞だと思います」

「生田源之丞か……」

生田と成島は、神田川に架かる新《あたら》し橋《ばし》を渡り、柳原通りを西に進んだ。

神田川沿いの柳原通りは、やがて八《や》ツ小路《こうじ》になり、駿河台《するがだい》小川町の武家屋敷街になる。

半兵衛と鶴次郎は、生田と成島の尾行を続けた。

「村岡藩の上屋敷、確か神田橋御門の傍だったな」

「じゃあ、上屋敷に……」

「きっとな……」

　生田と成島は八ッ小路を抜け、昌平橋《しょうへいばし》の袂を南に曲がった。そのまま進めば神田橋御門になる。二人の行き先は、半兵衛の睨みどおり上屋敷なのだ。

　半兵衛と鶴次郎は尾行を続けた。


　戸が開く音がし、錫杖《しゃくじょう》の環が鳴った。

「雲海坊か……」

「へい……」

　雲海坊が、色あせた墨染《すみぞ》めの衣の汚れを叩いて入って来た。

「半兵衛の旦那が持って来てくれた酒と食い物があるぜ」

「こいつはありがてえ……」

　雲海坊は半兵衛の持って来た酒を飲み、一息ついた。

「半次の親分。下屋敷の裏門の傍にこんな物が落ちていましたよ」

　雲海坊は、菊の花の形をした紅白の飾り結びを見せた。

「飾り結びかい……」

「ええ……」

飾り結びとは、刀や鎧《よろい》、茶道具、そして帯や羽織などにつかわれている。おそらく、菊の花の飾り結びは、何かから落ちたのだ。

「双葉屋のおなつと関わり、ないでしょうかね」

雲海坊は酒を啜った。

「裏門から無理矢理連れ込まれた時、落ちたのかも知れないか……」

半次は思いを巡らせた。

「ええ。違いますかね」

雲海坊は酒を飲み、半兵衛の持って来た握り飯を食べ始めた。

菊の飾り結びが、おなつの物であったなら村岡藩下屋敷の関与は一段と深くなる。

「よし、ちょいと双葉屋に行ってくるぜ」

半次は、菊の飾り結びを手拭に挟んで懐に入れた。


村岡藩江戸上屋敷は、藩主松崎左京太夫が国元に帰っているせいか、長閑《のどか》な雰囲気が漂っていた。

生田源之丞と成島清一郎が、上屋敷に入って既に四半刻が過ぎた。

半兵衛と鶴次郎は、物陰から上屋敷の門内を窺っていた。

村岡藩江戸留守居役高村修理《たかむらしゅり》は、眉を歪めて吐き棄てた。

「愚かな真似を……」

「申し訳ございませぬ」

生田源之丞は平伏した。

「生田、よもや町奉行所の手は迫ってはいまいな」

「高村さま、大名家は町奉行所の支配違い。そのようなことがあろう筈はございませぬ」

生田は嘯《うそぶ》いた。

高村は冷たい眼を向けた。

「生田。表向きは確かにそうかも知れぬ。だが、町役人の中には、法で裁けぬのなら噂で裁く者がいると聞く」

「噂で裁く……」

生田は怪訝に呟いた。

「左様。江戸の町に噂を流せばどうなる。噂は悪評となり、世間の者たちの眼は我が藩にそそがれる。となると、御公儀も黙ってはおるまい」

生田は蒼ざめた。

高村に嘲《あざけ》りが過ぎった。

「生田。万一、事が露見した時に備え、手立てを講じておくのだ」

「ははっ……」

生田は身体の芯に震えを覚えた。

「生田、何はともあれ左京之介《さきょうのすけ》さまには、二度と愚かな真似をさせてはならぬ。良いな」

高村は厳しく命じた。

「ははっ」

生田は震える身体で平伏した。

生田源之丞は、供部屋で待っていた成島清一郎を従えて上屋敷を出た。

成島は、沈痛な面持ちの生田が気になった。

「生田さま、上屋敷で何か……」

「う、うむ。成島、話がある。蕎麦でも食べるか」

生田は、強張った笑みを見せた。

「はあ……」

成島は、意外な返事に戸惑った。

神田川に架かる昌平橋を渡ると、小奇麗な蕎麦屋があった。

生田と成島は、小奇麗な蕎麦屋の暖簾を潜った。

「どうします」

鶴次郎は半兵衛を窺った。

「入ってみよう」

半兵衛と鶴次郎は、生田たちに続いて蕎麦屋の暖簾を潜った。

蕎麦屋の座敷は衝立《ついたて》で仕切られ、生田と成島は奥の席にいた。

半兵衛と鶴次郎は、隣の席に座って蕎麦を注文した。

半兵衛と鶴次郎は、衝立越しに聞こえて来る生田と成島の囁《ささや》きに聞き耳を立てた。

「良いか成島、左京之介さまは、ああいうお方だが、我らが主筋。我らとしては忠義を尽くさなくてはならぬ」

「はい」

成島の生真面目な返事が聞こえた。

「左京之介さまは、ご側室お浪の方さまのお子なれどご三男。殿や若殿の身に何かあった時、どうなるか分からぬ」

成島は喉を鳴らして頷いた。

「故に成島、我らは身をもって左京之介さまをお護りするのだ」

「はい」

「たとえその時、辛く厳しい事になろうが、いずれ必ず報われる。良いな成島。我ら二人になろうとも、左京之介さまを守り通すのだ」

「生田さま、この成島清一郎、何があっても左京之介さまを命懸けでお守りすると約束致します」

成島の声は、感激に震えていた。

「うむ。頼りにしているぞ」

生田の嬉しげな声がした。そして、二人は運ばれて来た蕎麦を啜った。

半兵衛と鶴次郎は、運ばれてきた蕎麦を手早く手繰《たぐ》って一足先に店を出た。

「旦那、やはり下屋敷には、左京之介って妾腹の若様がいるんですぜ」

半次は意気込んだ。

「うん。そいつを命懸けで守るか……」

武士が主を命懸けで守る。

当然といえば当然の事である。だが半兵衛は、何故か素直に納得できないものを感じた。


小間物問屋『双葉屋』は、弔いが終わった後も喪に服していた。

半次は、おなつの両親に菊の花の飾り結びを見せた。

「おなつのです。おなつが、手提袋に付けていた飾り結びです」

母親のお梅が、飾り結びを手にして叫んだ。

村岡藩江戸下屋敷の裏門の傍に落ちていた飾り結びは、やはり殺されたおなつのものであった。

おなつは睨み通り、下屋敷に連れ込まれて殺された。

半次は確信した。

「親分さん、この飾り結び、何処《どこ》にあったのでしょうか」

父親の仁兵衛が血相を変えた。

「旦那、そいつはまだ勘弁して下さい」

半次は言葉を濁し、早々に『双葉屋』を後にした。


村岡藩江戸下屋敷は夜の静けさに包まれた。

生田源之丞と成島清一郎は、神田昌平橋の袂の蕎麦屋から真っ直ぐ下屋敷に戻った。

半次たちは、斜向かいの御家人屋敷の借家から監視を続けた。

半兵衛は、八丁堀北島町の組屋敷に戻った。

組屋敷の門前に小さな赤い火が浮かんで消えた。

半兵衛は暗がりを透《す》かし見た。

小さな火は再び浮かんで消えた。

煙草《たばこ》の火だ……。

秋山家の下男の与平が、門前にしゃがみ込んで煙草を吸っていた。

「やあ……」

半兵衛は呼びかけた。

「いやあ、半兵衛の旦那。待ち草臥《くたび》れましたよ」

与平は腰を擦りながら立ち上がり、煙管《きせる》を煙草入れに仕舞った。

「そいつはすまなかったね」

「いえ。それでうちの旦那さまが、良ければ一杯飲みに来ないかと……」

秋山久蔵は、既に村岡藩松崎家の内情を調べたのだ。

「喜んでお伺いするよ」

「じゃあ……」

与平は提灯《ちょうちん》に火を灯した。

三

膳の上には様々な料理が並んでいた。

「これはこれは……」

半兵衛は思わず喉を鳴らした。

「ま、一杯やりながらにしよう」

久蔵は既に手酌で飲んでいた。

「はい。畏れ入ります」

「どうぞ……」

香織が、半兵衛の盃に酒を満たした。

「いただきます」

半兵衛は酒を飲んだ。

「それで秋山さま……」

半兵衛は膝を進めた。

「焦るな、半兵衛」

久蔵は、半兵衛に酒を注いだ。

「それに、香織が腕によりをかけて作った料理だ。味わってやってくれ」

久蔵は笑った。

「それはご無礼申し上げました」

半兵衛は香織に詫びた。

「いいえ。義兄上《あにうえ》、新しいお酒をお持ち致します」

香織は苦笑し、空になった銚子を持って出て行った。

「気付かぬことで、申し訳ありません」

半兵衛は、吐息混じりに久蔵の盃を満たした。

「なあに、香織は事件にのめり込む俺たちの気持ちはお見通しだよ。心配は無用だ」

「それならいいんですが……」

半兵衛は酒を啜り、料理に箸をつけた。

「美味い……」

半兵衛は思わず洩らした。

久蔵は苦笑した。

「半兵衛、お前も不器用な奴だな」

「はあ……」

久蔵と半兵衛は、酒を飲んで料理を食べた。

「ところで半兵衛、村岡藩松崎家だがな……」

「はい」

半兵衛は盃を置いた。

「村岡藩の殿さまの松崎左京太夫には、三人の倅がいてな。江戸上屋敷にいるのが嫡男の若殿さんで、下屋敷には側室の産んだ左京之介って二十歳になる三男がいる」

下屋敷にいる若様の名前が割れた。

「ああ。因《ちな》みに次男は、因幡の国元にいるそうだ」

「となると、その左京之介の立場は……」

「若殿と次男の身に何事かあった時、ようやく出番になる役どころだな」

「では、若殿たちに何事もなければ……」

「養子の口がなけりゃあ、捨扶持を与えて飼い殺しよ」

久蔵は皮肉っぽい笑みを浮かべた。

「それに、大目付の榊原出雲守《さかきばらいずものかみ》さまに聞いたんだが、村岡藩の若殿の奥方が懐妊されたそうだ」

「ならば、もし若殿に男の子が出来たら……」

「左京之介は、村岡藩にとって邪魔な厄介者でしかねえさ」

村岡藩藩主の座は、左京太夫から若殿、そして若殿の子に受け継がれていく。

そこに、左京之介の出番は生涯ない。

左京之介は、その厳然たる事実に打ちのめされて自暴自棄になった。その挙句、欲望のままにおなつを手込めにし、殺すという凶行に走ったのかも知れな
「左京之介……」

い。

「憐れなもんですねえ」

半兵衛は酒を啜った。

「なあに、そんな立場の者は、この世の中に大勢いる。よくある話だ。只の甘ったれの馬鹿に過ぎねえさ」

久蔵は冷たく突き放した。

「そりゃあそうですが……」

久蔵の云うとおり、世間にはよくある話だ。

そうした立場になった者のほとんどは、自立して懸命に生きているのだ。

「ま、そんな立場の左京之介が、町娘を手込めにして殺したとなると、村岡藩としても放っちゃあ置けねえだろうな」

村岡藩が左京之介を評定所に突き出す筈はなく、かといって庇いとおすには危険過ぎる。

残る手立ては、左京之介を闇の彼方に葬りさる事だ。

村岡藩がどう出るかは分からないが、左京之介に同情する必要はない。

半兵衛は、左京之介に忠義を尽くすと約束した成島清一郎の高揚した声を思い出した。

「さあて、村岡藩はどう出るか……」

久蔵は冷たく笑い、手酌で酒を飲んだ。

「ですが、秋山さま。おなつ殺しの一件、村岡藩のお偉方が知っているかどうか……」

半兵衛は首を捻った。

「今は知らなくても、すぐに知る事になるさ」

久蔵は笑った。

「と仰《おつしや》いますと……」

「俺は大目付の榊原さまに、それとなく村岡藩の探りを入れた……」

半兵衛は、一度だけ見たことのある榊原出雲守の狸面《たぬきづら》を思い出した。

「ああ見えても、榊原さまは油断も隙もないお方だ。俺の探りから村岡藩に何かあると気付き、もう村岡藩を突ついているだろうな」

「村岡藩を突つく……」

「ああ。そして、どう動くか見定め、己の出方を決めるつもりだ」

大目付の役目は大名の監察・取締まりだ。榊原にとり、村岡藩は格好の獲物といえる。

「じゃあ……」

半兵衛は緊張した。

「うん。摘発して手柄をあげるか、金を貰って目を瞑《つぶ》るか、どっちにしろ榊原狸に損はねえって寸法だ」

半兵衛は言葉を失った。

「とにかく半兵衛、村岡藩から眼を離さない方がいいぜ」

「心得ました」

「ま、話はそれぐれえだ。飲もうじゃないか」

久蔵は銚子を差し出した。

「畏れ入ります」

半兵衛は盃を差し出した。


久蔵の睨みのとおり、大目付榊原出雲守は村岡藩江戸留守居役高村修理を突っいた。

榊原は高村を評定所に呼び出し、それとなく左京之介の近況を尋ねた。

高村修理は、湧き上がる動揺を必死に隠して取り繕《つくろ》った。

「ならば良いが、過日妙な噂を聞いたものでな」

榊原は微笑んだ。狸面の人の良さそうな微笑みだった。だが、高村は榊原の眼が冷たく見据えているのに気付いた。

榊原は何かを知っている……。

それが何かは分からないが、村岡藩を窮地に陥れるのは間違いない。

高村は恐怖に駆られた。


村岡藩江戸下屋敷の監視と、周辺の聞き込みは続けられていた。

「何か変わった事、あったかい」

半兵衛が、張り込み場所の借家に顔を出した。

「先ほど、上屋敷にいるお偉いさんが来ましたよ」

半次が格子窓から眼を離した。

「お偉いさんが……」

「はい。今、何者なのか鶴次郎と雲海坊が調べています」

「そうか……」

江戸上屋敷から来た〝お偉いさん〟は、大目付の榊原出雲守に突つかれて来たのかも知れない。

半兵衛の勘が囁いた。

「半次、向こうも動き始める筈だ。油断するな」

半兵衛の声音に緊張が滲んだ。

「はい……」

半次の張り込みに飽きた身体が、緊張感に引き締まった。

その時、雲海坊が入って来た。

「こいつは半兵衛の旦那……」

雲海坊は半兵衛に挨拶をし、冷えた茶で喉の渇きを癒した。

「お偉いさん、何者か分かったか」

半次が尋ねた。

「ええ。江戸留守居役の高村修理って野郎でしたよ」

「留守居役の高村修理……」

「ご存じですか旦那」

半次と雲海坊が、半兵衛の顔を覗き込んだ。

「いや、知らないが……」

おそらく大目付の榊原が突ついた相手なのだ。

半兵衛はそう睨んだ。

ようやく事態は動き始めた。

村岡藩江戸下屋敷は、異様な緊張に包まれていた。

突然訪れた留守居役高村修理は、顔に怒りを滲ませて生田源之丞を呼んだ。

二人は短く打ち合わせをし、奥にある左京之介の部屋を訪れた。

成島清一郎たち下屋敷に詰めている藩士は、落ち着かない風情で指示を待っていた。

成島たち四人の藩士は、左京之介がおなつを手込めにし、斬殺した事実を知っている。

もっともその時、左京之介に命じられておなつを下屋敷に連れ込んだのは、成島以外の二人の藩士だった。成島や生田は、左京之介がおなつを殺した後に事態を知った。

左京之介のおなつ殺しが、公儀の知るところになったのかも知れない。そうであれば、村岡藩の一大事だ。
成島たち四人の藩士は、息を飲んで高村たちの打ち合わせが終わるのを待った。
小半刻が過ぎた。
生田は成島を呼んだ。
成島は弾かれたように立ち上がった。
三人の同僚藩士たちが、複雑な眼差しで成島を見上げた。
「いって来る」
成島は顔を緊張に強張らせ、左京之介の部屋に急いだ。
成島清一郎は平伏した。
「成島、面をあげい」
生田の声は微かに震えていた。
成島は返事をし、顔をあげた。
正面にいる左京之介の顔は蒼ざめ、口元は小刻みに震えていた。
おなつ殺しが公儀に露見した……。

成島はそう思った。

「成島清一郎……」

高村修理の声には怒りが含まれていた。

「ははっ……」

「その方、これより評定所に赴《おもむ》き、おなつなる娘が無礼を働いたので手討ちに致したと、自訴致せ」

「はあ……」

成島は思わず聞き返した。

「成島、その方がおなつを手討ちにしたと、評定所に出頭するのだ」

生田は僅かに苛立ち、言葉は縺《もつ》れた。

「私が……」

成島は呆然と呟いた。

自分が左京之介の身代わりになり、おなつ殺しの下手人になる……。

成島は混乱した。

「良いか成島。左京之介さまがおなつと申す娘を殺めたとなると、村岡藩は無事には済まぬ。下手《へた》をすれば左京之介さまは切腹、村岡藩はお取り潰し……」

高村の声は震え、まるで成島を叱っているかのようだった。

「さすれば、殿の松崎家は無論、我ら家臣一同も行くあてもない浪人となるのだ」

「成島、我らは何としてでも、藩のお取り潰しだけは防がねばならぬ。分かるであろう」

生田が畳み掛けた。

「は、はい……」

成島は思わず頷いた。

「ならば成島、その方、評定所に自訴してくれるな」

高村が念を押した。

成島の混乱は続いた。

「成島、その方が自訴した後、我らは藩をあげてその方の無礼討ちに非はないと御公儀に強く訴え、必ず放免させる。それまで、成島の家は閉門蟄居《ちっきょ》となるが、その方が放免された暁《あかつき》には、扶持米の加増と栄達を約束する。これはご家老も承知の事だ。成島、評定所に自訴してくれ」

高村は頭を下げた。

「成島、何事も武士としての忠義だ。違うか」

生田が涙声で叫んだ。

「忠義……」

成島の頭の中に〝忠義〟という言葉が木霊《こだま》し、様々な思いを覆い隠し始めた。

村岡藩江戸下屋敷の表門の潜り戸が開いた。

「旦那……」

半次が緊張した。

半兵衛は格子窓に寄り、出て来る人物を待った。

成島清一郎が、蒼ざめた面持ちで潜り戸から出て来た。

成島は下屋敷に深々と頭を下げ、重い足取りで向柳原の通りに向かった。

「妙だな……」

「ええ。なんだか思い詰めている様子ですぜ」

「うん」

鶴次郎が借家を一瞥し、成島を足早に追って行った。

「私も行くよ」

半兵衛は気軽に腰をあげた。

成島清一郎は、向柳原を神田川に向かっていた。

「鶴次郎……」

半兵衛は先を行く鶴次郎に追いついた。

「こりゃあ、旦那……」

「どんな様子だい」

半兵衛は眉を顰めた。

「そいつが、思い詰めているというか、妙な感じですね」

鶴次郎は、先を行く成島の後ろ姿を見詰めていた。

「やっぱりね……」

半兵衛も鶴次郎と同じ見方をしていた。

成島は肩を落とし、重い足取りは僅かにふらついていた。

「何処に行くんでしょうね」

「上屋敷かな……」

成島は神田川に架かる新し橋を渡り、柳原通りを西に進んだ。そして、筋違御《すじかいご》門《もん》前八ツ小路を抜け、神田三河町に入った。

半兵衛と鶴次郎は尾行を続けた。

成島は、周囲の様子も気にならない面持ちで、前だけを見詰めて内濠の神田御門橋を潜った。

既に上屋敷は過ぎた。

何処に行く気だ……。

半兵衛は思いを巡らせた。

辺りは大名屋敷が連なる丸の内だ。

成島は立ち止まり、ある屋敷を見上げた。

「旦那……」

「うん。評定所だよ」

成島が見上げている屋敷は、評定所だった。

半兵衛は戸惑った。

成島は、評定所の前に立ち尽くしていた。

「まさか、おなつ殺しの下手人、左京之介だと訴えに来たんじゃあ……」

「そいつはどうかな……」

半兵衛と鶴次郎は、立ち尽くしている成島を見守った。

成島は動いた。

覚悟を決めたように評定所の門を潜った。

「旦那……」

「うん。ちょいと様子を見てくるよ」

「はい」

半兵衛は鶴次郎を待たせ、評定所に入って行った。

評定所は江戸幕府最高の裁判所であり、国の大事件や寺社・町・勘定の三奉行所が関わる事件を扱っていた。

評定所の役人は、勘定奉行所から出役していた。そして、秋山久蔵や半兵衛たち町奉行所の与力・同心たちも、評定所立合出役《たちあいしゅつやく》をすることがあった。

半兵衛は、顔見知りの評定所書役の佐々木市蔵《ささきいちぞう》を探した。

「おお、半兵衛さん」

佐々木市蔵は、刀を手にして出掛けるところだった。

「丁度よかった」

佐々木は半兵衛を迎えた。

「なにか……」

「実は今、永代橋にあがった娘は、自分が手に掛けたと云う者が自訴して来ましてな」

「自訴……」

「ええ。なんでも無礼討ちにしたと……」

「無礼討ち……」

半兵衛は驚いた。

「それで、月番の北町奉行所に行こうとしていたところです」

「そいつ、村岡藩の藩士ですな」

半兵衛は尋ねた。

「ええ。成島清一郎と申す者です」

半兵衛は困惑し、混乱した。

成島清一郎は、自分がおなつを無礼討ちにしたと自訴してきた。

佐々木は、事件の詳しい情況を問い合わせに北町奉行所に行くところだった。

自訴の背後には、若様である左京之介が潜んでいる。

成島は左京之介を庇い、身代わりで自訴して来たのだ。

半兵衛はそう読んだ。

「佐々木さん、成島の事、大目付さまには」

大目付の手に渡ったら、町奉行所の同心風情では手足は勿論《もちろん》、口も出せない。

半兵衛は少なからず焦った。

「いいえ。大目付さまにはまだ……」

「佐々木さん。おなつの一件は私の扱いでしてね。ちょいと成島に逢わせて貰えませんか」

半兵衛は佐々木に頼んだ。

「それは……」

佐々木は眉を顰めて躊躇った。

「佐々木さん、この通りです。お願いします」

半兵衛は頭を下げた。

詮議部屋は狭く、暗かった。

成島清一郎は、神妙に詮議の時を待っていた。

佐々木は半兵衛を伴い、詮議部屋に入った。

「じゃあ半兵衛さん……」

佐々木は促した。

半兵衛は頷き、成島に向かい合った。

成島は覚悟を決めたのか、妙に落ち着いていた。

「村岡藩江戸詰めの成島清一郎どのですね」

「はい……」

成島は素直に頷いた。

「小間物問屋双葉屋の娘おなつを無礼討ちにしたのは、間違いありませんか」

「間違いありません」

「何故、無礼討ちにしたのですか」

「それは……」

成島は言葉に迷い、視線を宙に泳がせた。

半兵衛は先を促した。

「無礼だったからです」

成島は視線を落とした。

「そうですか……では何故、すぐに届け出なかったのですか」

「そ、それは……」

成島はうろたえた。

「おなつは、襦袢姿の死体になって永代橋で見つかりましたが。無礼討ちがどうしてそうなったのか、詳しく話していただけますか」

半兵衛は畳みかけた。

「ですから、おなつが無礼を働いたので……」

成島の言葉が震えた。

嘘だ……。

成島は左京之介の身代わりになり、嘘をついている。

半兵衛は成島を見守った。

「お役人、おなつは拙者に無礼を働いたのです。ですから無礼討ちにしたのです。それでいいではありませんか」

成島は小刻みに震え、言い張った。

「拙者が嘘偽りを云っていると思うなら、家中の者に訊いて下さい」

「勿論、聞きます。ですが、成島さん」

「拙者がおなつを殺したんです。武士に二言はありません」

成島は額に薄く汗を滲ませ、必死の面持ちで叫んだ。

「半兵衛さん……」

佐々木が遠慮がちに声をかけた。

これまでだ……。

「そうですか。いや、良く分かりました」

半兵衛は切り上げた。

成島は必死の面持ちを緩め、小さな安堵の吐息を洩らした。

半兵衛は、そんな成島に妙に引っ掛かるものを感じた。

四

佐々木は首を捻った。

「半兵衛さん、成島清一郎どのは本当におなつと申す娘を無礼討ちにしたのですかね」

「いいえ。しちゃあいませんよ」

「じゃあ何故……」

「身代わりです」

「身代わり……」

「佐々木さん、もし無礼討ちが認められたら、「成島は無罪放免ですか」

「そうなりますね」

村岡藩留守居役たちは、おそらく出世栄達を餌にして、左京之介の身代わりになることを成島に云い含めたのだ。

半兵衛は、おなつの一件を佐々木に教えた。

若様の身代わりですか……」

「成る程、これからどうなりますかね」

「ええ。成島、これからどうなりますかね」

「ま。成島清一郎どのは村岡藩御家中。何事も大目付さまの采配《さいはい》ですよ」

村岡藩の留守居役たちは、成島の無礼討ちを認めるように大目付に働きかける筈だ。認められた時、おなつ殺しは一件落着となってしまう。

半兵衛は微かな焦りを覚えた。

「ですが、今のようにあやふやな無礼討ちでは、どうなりますかねえ」

佐々木は苦笑した。

「認められませんか」

「ええ。如何《いか》に大目付さまに働き掛けても、きっと無理ですよ」

半兵衛は、佐々木の言葉に励まされた。

「身代わりで自訴ですか……」

鶴次郎は驚き、呆れた。

「うん。無礼討ちだそうだよ。だが、そいつが何処まで通用するか……」

「通用しそうもないのですか」

鶴次郎は怪訝な顔になった。

「うん。今の説明じゃあ無理だそうだよ」

「でしたら何故、自訴なんかしたんですかね」

鶴次郎は首を捻った。

「そうか……」

半兵衛は気付いた。

村岡藩の留守居役たちは、どうして通用しそうもない無礼討ちで成島を自訴させたのだ。

半兵衛は疑問を抱いた。そして、それが成島に引っ掛かったものだと気付いた。

「鶴次郎、成島の自訴の裏には何かあるよ」

「何かとは……」

「そいつはまだ分からないけれどね」

このままでは終わらない。いや、終わらせはしない……。

半兵衛は苦く笑った。


留守居役の高村修理も帰り、村岡藩江戸下屋敷は静まり返っていた。

半兵衛たちは、村岡藩江戸下屋敷の監視を続けた。

小半刻後、事態は急転した。

江戸下屋敷の裏手を見張っていた雲海坊が、弥平次の下っ引の幸吉を借家に連れて来た。

「半兵衛の旦那……」

幸吉は急いで来たのか、微かに息を乱していた。

「どうした幸吉」

「はい。成島清一郎ってお侍が、大番屋送りになったそうです」

「なんだと……」

半兵衛と半次は驚いた。

大番屋は調べ番屋とも呼ばれ、捕らえた容疑者を取調べるところである。

無礼討ちを主張していた成島が、大番屋に送られた……。

半兵衛の驚きは、戸惑いに変わった。

「それで秋山さまが、笹舟でお待ちになっていらっしゃいます」

「秋山さまが……」

「はい」

幸吉は頷いた。

南町奉行所与力の秋山久蔵が、月番ではないのに出張っている。おそらく大目付榊原出雲守から報せを受けての動きだろう。

半兵衛は、事態の意外さを予測した。

「分かった。半次、雲海坊、鶴次郎と一緒にこのまま下屋敷の見張りを頼むよ」

「承知しました」

半次と雲海坊が頷いた。

半兵衛は、幸吉を従えて柳橋の船宿『笹舟』に急いだ。

「秋山さまがお待ちかねです」

半兵衛は弥平次に迎えられ、秋山久蔵の待っている座敷に入った。

「おう……」

久蔵は濡れ縁に座り、隅田川からの川風に吹かれていた。

「秋山さま、成島清一郎が大番屋送りになったとか……」

「ああ。村岡藩から大目付と評定所に成島清一郎を放逐《ほうちく》したと届けがあったそうだ」

「放逐……」

「扶持米を召し上げ、成島家は取り潰し……」

久蔵は苦笑した。

「って事は……」

半兵衛は眉を顰めた。

「成島清一郎は浪人しちまったって訳だ」

「浪人……」

「何の罪もない娘を手込めにした挙句、無残に殺した極悪非道な輩《やから》としてな」

成島清一郎は、村岡藩を追い出されて浪人になった。

「それで町奉行所扱いになり、大番屋送りですか……」

「成島は、既におなつを無礼討ちで殺したと認めていて、言い訳は効かねえ。村岡藩はそいつを見越して追い出したってところだぜ」

「汚い真似を……」

半兵衛は吐き棄てた。

久蔵は、大目付の榊原出雲守から成島が藩を追い出されたのを知らされ、すぐに半兵衛を呼んだのだ。

「半兵衛、下屋敷はどうなっている」

「はい。半次たちが張り付いています。何か動きがあればすぐに報せが来るでしょう」

「うむ。じゃあ、成島の様子を見てくるんだな」

「はい。では、これにて……」

半兵衛は立ち上がった。

「幸吉、旦那のお供をしな」

弥平次が幸吉に指示をした。

「はい」

「すまないね親分」

半兵衛は礼を述べた。

「いいえ。あっしはここにおりますので、何かあった時には、ご遠慮なく……」

「心得た」

半兵衛は幸吉を従え、茅場町《かやばちょう》の大番屋に急いだ。

江戸市中に大番屋は七ヶ所あり、そのひとつが茅場町にあった。

半兵衛は、成島清一郎の刀を調べるように幸吉に云いつけた。そして、仮牢にいる成島を呼び出した。

成島は大番屋送りになり、混乱していた。

「やあ……」

半兵衛は成島を迎えた。

成島は数刻の内に、激しくやつれていた。

「お主、評定所で……」

成島は半兵衛を見詰めた。

「私は北町奉行所の臨時廻り同心で白縫半兵衛。おなつ殺しを調べていてね」

「そうだったのか……」

「成島さん、どうして大番屋送りになったのか、ご存じですか」

成島は怯えを浮かべた。

「お前さんは、村岡藩を追い出されて浪人になったからだよ」

「違う」

成島は、半兵衛の言葉を遮った。

「何が違うんです」

「藩は私を見捨てはしない。私の無礼討ちを証言してくれる。禄を召し上げ、浪人にしたのは一時的なことだ」

成島は、己に言い聞かせるように告げた。

「そうかな……」

半兵衛は苦笑した。

「村岡藩はお前さんの無礼討ちを認めてはいないよ」

「なに……」

成島は怯えた。

「罪のないおなつを手込めにした挙句、無残に殺した極悪非道な輩。よって村岡藩から追い出したと、大目付と評定所に届けが出されているよ」

成島は言葉を失い、激しく震え出した。

「お前さんは使い捨てにされた。裏切られたんだよ」

半兵衛は憐れんだ。

「違う。違う。違う」

成島は、最後の抵抗のように必死に叫んだ。

「成島清一郎、村岡藩のお偉いさんが何を約束してくれたのか知らないが、このままではお前さん、因幡浪人として打ち首獄門だよ」

「打ち首獄門……」

成島は呆然と呟き、凍《い》てついた。

「旦那……」

幸吉が戻って来た。

「ご苦労だったね。で、どうだった」

「はい。大小どちらにも血曇は一切なく、今までに人を斬ったり、殺したことはないと……」

幸吉は囁いた。

砥《と》ぎ師《し》は、成島の刀をそう鑑定した。

「やっぱりね……」

半兵衛は小さく笑った。

「成島さん、おなつを手込めにして殺したのは、若様の左京之介だね」

成島は我に返った。

「お前さんは、おそらく出世栄達を餌に身代わりを頼まれ、左京之介を庇って自訴した。そいつが武士の忠義だと信じてね。だがね、お偉いさんは、おなつ殺しの何もかもをお前さんの罪にして藩から追い出して浪人にした。お前さんは騙されれ、裏切られた……」

成島は項垂《うなだ》れた。

「お前さんに罪があるとしたら、おなつ殺しの真相を隠し、左京之介の身代わりになってお上を惑わせたことだけだよ」

半兵衛は云い聞かせた。

成島はすすり泣いた。

半兵衛は、成島のすすり泣きが終わるのを待った。

やがて、すすり泣きは止んだ。

「おなつを手込めにして殺したのは、若様の左京之介さんだね」

半兵衛は念を押した。

「白縫どのと申されましたね」

成島は、憑《つ》き物《もの》が落ちたような眼を半兵衛に向けた。

「はい」

「私はどうなりますか」

「罪のない者を引き止めておく程、町奉行所も我々も暇ではありません」

半兵衛は小さく笑った。

「では……」

「早々に引き取って貰いますよ」

「そうですか……」

「それで、おなつを手に掛けたのは……」

「白縫どの、如何に藩から追い出されたとはいえ、先祖代々お世話になって来たご恩があります。私の口からは申せません。ですが……」

成島の目に輝きが過ぎった。

「ですが、なんです」

半兵衛は先を促した。

「裏切られたままでは終わりません」

成島は毅然《きぜん》と云い放った。

成島が、これからどうする気なのかは分からない。だが、成島が何らかの行動を起こせば、おなつ殺しを解決する切っ掛けが出来るかも知れない。

そいつに賭けてみるのも悪くはない……。

半兵衛は決めた。


日本橋川の流れは夕陽に赤く煌《きら》めいていた。

放免された成島清一郎は、夕陽に染まる日本橋川沿いの道を立ち去った。

「旦那……」

「うん」

半兵衛と幸吉は、影を長く伸ばして行く成島を尾行した。

成島は日本橋川に架かる江戸橋を渡り、伝馬町《てんまちょう》を抜けて神田川沿いの柳原通りに出た。そして、神田川に架かる新し橋に向かった。

「下屋敷に帰るつもりですかね」

幸吉は囁いた。

「きっとな……」

半兵衛と幸吉は追った。

成島は下屋敷に戻って何をする気だ……。

半兵衛は思いを巡らせた。

成島の足取りには、昂りも躊躇いも窺えなかった。

村岡藩江戸下屋敷は、赤い夕陽を背にして黒く浮かんでいた。

借家からの半次の見張りは続いた。

雲海坊が入って来た。

「半次の親分……」

「どうした」

「鶴次郎の兄貴も首を捻っているんですが、どうも屋敷の中の様子が妙ですぜ」

「妙ってどんな風にだ」

半次は問い質《ただ》した。

「それが、誰かが旅に出るような……」

「旅……」

半次は僅かに緊張した。

「それで思い出したんですが。昔、香織さまのお父上さまを斬った若様が国元に逃げ帰ろうとしましてね」

香織の父親である笠井藩江戸詰藩士北島兵部《きたじまひようぶ》は、辻斬りを働いた若様に諫言《かんげん》して手討ちにあった。久蔵は亡妻の妹である香織と共に、国元に逃げ帰ろうとした若様を斬り、岳父の仇を討ったのだ。以来、香織は久蔵に引き取られ、秋山屋敷で暮らすようになった。

「じゃあ、左京之介が因幡の国元に逃げようとしているってのか」

「そんな気がするんです」

雲海坊は頷いた。

成島を身代わりにし、己は安全な国元に逃げ込む……。

卑劣な左京之介ならやりかねない所業だ。

「よし、俺も行くぜ」

半次は雲海坊と一緒に借家を出て、下屋敷前の路地に張り込んだ。

村岡藩江戸下屋敷留守居頭の生田源之丞は、左京之介の旅の仕度が出来るのを待っていた。

左京之介の旅仕度は遅かった。

生田は苛立った。

これ以上、左京之介を江戸に置いて面倒を起こされてはたまらない。

それが、江戸上屋敷にいる高村修理たちお偉方の結論だった。

因幡の国元に帰るのは、左京之介と生田、そして一人の藩士の都合三人だ。残る二人の藩士には、下屋敷の留守番を命じた。

今、その二人の藩士たちが、左京之介の旅仕度を手伝っている。

遅い……。

生田が思わずそう呟いた時、旅の仕度の整った左京之介が現れた。

左京之介は、明らかに不服そうだった。

「左京之介さま、では参りますぞ」

生田は構わず、左京之介を急《せ》きたてた。

下屋敷の表門が開いた。

半次、鶴次郎、雲海坊は緊張した。

生田を先頭に、左京之介と藩士が出て来た。旅姿の三人は、留守番の藩士たちに見送られて向柳原通りに向かった。

半次、鶴次郎、雲海坊は、暗がり伝いに左京之介たちを追った。


夕暮れの向柳原通りは、家路についた人々が足早に行き交っていた。

成島は、向柳原通りから浅草川に架かる転軫橋《てんじんばし》を渡り、三味線堀沿いの道に入った。村岡藩江戸下屋敷は間もなくだ。

下屋敷に戻ってどうするのだ……。

成島は己に訊いた。

裏切られた怒りや哀しさは、まだ実感として湧き上がらない。ただ、虚しさだけが過ぎっていた。三味線堀沿いの道は、何処までも人通りがないまま続くように思えた。

どうする……。

成島は呟いた。

三人の人影が、成島の行く手に現れた。笠を手にした旅姿の武士たちだった。

成島は進んだ。

三人の旅の武士が、驚いたように立ち止まった。

「な、成島……」

生田の狼狽した声が、夕暮れの三味線堀にかすれ気味に響いた。

三人の旅の武士は、生田と左京之介、そして同僚だった藩士だ。

「左京之介さま……」

成島は思わずうろたえ、脇に寄って頭を下げた。哀しい習性だった。

「な、何をしている」

生田も驚きに震えていた。

「はあ、放免されまして……」

「放免……」

生田は呆気に取られた。

「それで、戻って参りました」

「黙れ」

生田は混乱した。

成島をこのまま見逃せば、今までの苦労は報われず、藩上層部の期待を失う事になる。

生田の混乱は、焦りと怒りに変わった。

成島清一郎を成敗しなければならない……。

「おのれ、裏切り者」

生田は成島を怒鳴りつけ、いきなり斬り掛かった。

成島は咄嗟《とっさ》に身体を捻った。だが、額を斬られ、血が飛んだ。

成島は額から飛んだ血に驚き、悲鳴をあげて刀を抜いた。

「裏切り者はそっちだ」

成島は、血塗《ちまみ》れの顔を歪めて叫んだ。

「幸吉」

「はい」

半兵衛と幸吉は、意外な成り行きに戸惑いながら走った。そして、左京之介たちの背後に半次、鶴次郎、雲海坊が現れた。

「裏切り者」

成島は泣き喚き、猛然と生田に突っ込んだ。

「裏切り者」

生田は怒鳴り、刀を大上段に構えた。

「裏切り者」という二人の罵り声は、三味線堀の水面に虚しく響いた。

次の瞬間、成島は生田に激突した。

生田は刀を斬り下ろした。だが、成島の刀が、一瞬早く生田の腹を刺し貫いた。

「う、裏切り者……」

生田は憎悪の溢れた眼で成島を睨み、膝をついて仰向けに倒れた。

成島は息を荒く鳴らした。

駆け寄って来た半兵衛が、素早く成島を押さえて刀を奪い取った。

「白縫どの……」

「神妙にするんだ、成島さん」

半兵衛は静かに声をかけた。

成島はその場に座り込み、身を震わせて嗚咽《おえつ》を洩らし始めた。

半兵衛は成島の額の傷を診た。傷は浅手だった。そして、幸吉が生田の様子を

左京之介は呆然と立ち竦《すく》んでいた。

「左京之介さま」

付き添いの藩士が、慌てて左京之介を連れ去ろうとした。だが、半次、鶴次郎、雲海坊が取り囲んで行く手を阻んだ。

「どうだい……」

半兵衛は、幸吉に生田の様子を尋ねた。

「どうしようもありませんぜ」

幸吉は眉根を寄せ、首を横に振った。

村岡藩江戸下屋敷留守居頭生田源之丞は死んだ。

成島の嗚咽は続いた。

「さあ、一緒に来て貰うよ」

半兵衛は、左京之介とお付きの藩士に告げた。

「待て。俺は……」

左京之介は慌てた。

「村岡藩松崎左京之介さま……」

左京之介は言葉を飲んだ。

「大目付榊原出雲守さまの許にお送り致します」

半兵衛は冷たく言い放った。


成島清一郎は、おなつ殺しの真相を証言した。

大目付・榊原出雲守は、寺社奉行、町奉行、勘定奉行、目付と共に五手掛かり裁判を開いた。

評定所の裁判には、他に老中が決裁する閣老直裁判、刑事・民事を扱う一座掛かり、四手掛かり、三手掛かりなどがある。

半兵衛は立合出役を命じられ、裁判に出役した。そして、松崎左京之介が、罪のないおなつを手討ちにした挙句、成島清一郎を身代わりにして己の罪を隠蔽《いんぺい》しようとした事実を説明した。

松崎左京之介は切腹を命じられ、村岡藩は減封された。

浪人・成島清一郎は、おなつ殺しの真相を証言した事実と、生田源之丞と闘って左京之介の逃亡を防いだとして無罪放免となった。

「いいんですか、旦那……」

半次は、成島が左京之介の身代わりになった事、そして、生田との斬り合いの真相が違うのを気にした。

「半次、世の中には私たちが知らない方が良い事もあるのさ」

半兵衛は嘯いた。

無罪放免になった浪人・成島清一郎がこれからどうするかは分からない。だが、愚かな忠義に塗《まみ》れて死ぬのは、虚しくて憐れなだけだ。

成島清一郎は、新しい生き方を探していくしかないのだ。

知らない方が良い事もあれば、本当の事が正しいとは限らない。

半兵衛は笑った。

「さあて半次。今夜は鶴次郎や幸吉、雲海坊を呼んで鳥鍋で一杯やるか」

八丁堀組屋敷街に、江戸湊からの潮風が吹き抜けた。

この作品は双葉文庫のために書き下ろされました。

双葉文庫

ふ-16-06

知《し》らぬが半兵衛手控帖《はんべえてびかえちょう》

通《かよ》い妻《づま》

2008年2月20日　第1刷発行

【著者】
藤井邦夫《ふじいくにお》

【発行者】
佐藤俊行

【発行所】
株式会社双葉社
〒162-8540 東京都新宿区東五軒町3番28号
[電話]03-5261-4818(営業) 03-5261-4833(編集)
[振替]00180-6-117299
http://www.futabasha.co.jp/
(双葉社の書籍・コミックが買えます)

【印刷所】
株式会社亨有堂印刷所

【製本所】
藤田製本株式会社

【表紙・扉絵】南伸坊
【フォーマット・デザイン】日下潤一
【フォーマットデジタル印字】飯塚隆士

ISBN978-4-575-66319-8 C0193

稲葉稔

影法師冥府《めいふ》葬《おく》り

父子《おやこ》雨情《うじょう》

長編時代小説〈書き下ろし〉

父を暴漢に殺害された青年剣士・宇佐見平四郎は、師と仰ぐ平山行蔵とともに先手御用掛として、許せぬ悪を討つ役目を担うことに。

稲葉稔

影法師冥府《めいふ》葬《おく》り

夕まぐれの月

長編時代小説〈書き下ろし〉

平四郎の妻あやめが殺害された。さらに、先手御用掛の職務に悩む平四郎に、兄弟子の菊池多一郎が突如刺客となって襲いかかる。

稲葉稔

影法師冥府《めいふ》葬《おく》り

雀の墓

長編時代小説〈書き下ろし〉

江戸城の警衛にあたる大番組の与力と同心が相次いで斬殺された。探索を命じられた平四郎は二人の悪評を耳にする。シリーズ第三弾。

風野真知雄

若さま同心　徳川竜之助

消えた十手

長編時代小説〈書き下ろし〉

市井の人々に接し、磨いた剣の腕で悪を懲らしめたい……。田安徳川家の十一男・徳川竜之助が定町回り同心見習いへ。シリーズ第一弾。

風野真知雄

若さま同心　徳川竜之助

風鳴《ふうめい》の剣

長編時代小説〈書き下ろし〉

見習い同心の徳川竜之助は、湯屋で起きた老人殺しの下手人を追っていた。そんな最中、竜之助の命を狙う刺客が現れ……。シリーズ第二弾。

藤井邦夫

知らぬが半兵衛手控帖

姿見橋

長編時代小説〈書き下ろし〉

「世の中には知らん顔をした方が良いことがある」と嘯く、北町奉行所臨時廻り同心白縫半兵衛が見せる人情裁き。シリーズ第一弾。

藤井邦夫

知らぬが半兵衛手控帖

投《な》げ文《ぶみ》

長編時代小説〈書き下ろし〉

かどわかされた呉服商の行方を追ううちに浮かび上がる身内の思惑。北町奉行所臨時廻り同心白縫半兵衛が見せる人情裁き。シリーズ第二弾。

藤井邦夫
知らぬが半兵衛手控帖
半化粧《はんげしょう》
長編時代小説
〈書き下ろし〉
鎌倉河岸で大工の留吉を殺したのは、手練れの辻斬りと思われた。探索を命じられた半兵衛の前に女が現れる。好評シリーズ第三弾。

藤井邦夫
知らぬが半兵衛手控帖
辻斬り
長編時代小説
〈書き下ろし〉
神田三河町で金貸しの夫婦が殺され、自供をもとに取り立て屋のおときが捕縛されたが、不審なものを感じた半兵衛は……。シリーズ第四弾。

藤井邦夫
知らぬが半兵衛手控帖
乱れ華《ばな》
長編時代小説
〈書き下ろし〉
凶賊・土蜘蛛の儀平に裏をかかれた北町奉行所臨時廻り同心・白縫半兵衛は内通者がいると睨んで一か八かの賭けに出る。シリーズ第五弾。

藤井邦夫
知らぬが半兵衛手控帖
通《かよ》い妻
長編時代小説
〈書き下ろし〉
瀬戸物屋の主が何者かに殺された。目撃証言から、ある女に目星をつけた半兵衛だったが、その女は訳ありの様子で……。シリーズ第六弾。

和久田正明
鎧月之介殺法帖《よろいつきのすけさっぽうちょう》
飛《とび》　燕《つばめ》
時代小説
〈書き下ろし〉
藩命を受け公儀隠密を討ち果たした小暮月之介だったが、後顧の憂いをおそれた藩重役らによって月之介に追っ手が……。シリーズ第一弾。

和久田正明
鎧月之介殺法帖《よろいつきのすけさっぽうちょう》
魔《ま》　笛《てき》
時代小説
〈書き下ろし〉
再び盗人稼業に手を染めた島帰りの竜蔵。その前に現れた岡っ引きは別れた娘だった。月之介の修羅の剣が静寂を斬り裂く。シリーズ第二弾。

和久田正明
鎧月之介殺法帖《よろいつきのすけさっぽうちょう》
闇公方《やみくぼう》
時代小説
〈書き下ろし〉
江戸城改修に絡む汚職事件で勘定方の小役人が姿を消した。探索の依頼を受けた月之介の前に巨悪の影が立ちはだかる。シリーズ第三弾。